ランジェリーガールをお気に召すまま 2

花間 燈

口絵・本文イラスト●sune

プロローグ

Prologue

「乙葉ちゃん、言われた通り水野さんを送ってきたよ」

「おー、ご苦労さん」

日が暮れ始めた午後六時過ぎ。

未だ制服姿の恵太がいとこの部屋を訪れると、机のノートPCに向かっていた幼女が顔を上げ、椅子に座ったまま体をこちらに向けた。

赤毛のポニーテールが印象的な彼女の名前は浦島乙葉。

幼い容姿とは裏腹に大学三年生のれっきとした成人女性で、恵太が所属するランジェリーブランド『RYUGU・JEWEL』の代表だったりする。

先ほどリビングで見た時は下着姿だったが、今はゆったりとしたノースリーブのワンピにカーディガンを羽織っており、打って変わってきちんとした出で立ちだ。

「水野さん、新作の試着をしにきてくれたんだろ？　悪いことをしたな」

「仕方ないよ。こんな状況じゃ、どのみち試着どころじゃないしね」

「まさか、池澤が辞めるとは思わなかったからな……」

乙葉の言う通り、本日予定していた試作品の試着会は諸事情により中止になった。

　ブランドで重要な役割を担っていたパタンナーが失踪し、今後の予定に大幅な修正を余儀なくされたのが原因だ。

「電話でしか話したことないけど、池澤さんってどんな人なの？」

「池澤は高校のクラスメイトだったんだ。今は服飾系の大学に通ってて、リュグを継いだ時に私から声をかけたんだよ。腕は確かだし、仕事も早いから助かってたんだけどな」

「池澤さんが辞めたのって、やっぱり俺のせいだよね……最近はけっこうタイトなスケジュールになってたし、負担になってたのかも……」

「恵太はデザインにこだわりすぎて、いつも締め切りギリギリだからな」

「反省してます……」

「まあ、今回のことは別にお前のせいじゃないよ。さすがに『彼氏に振られたから辞める』なんて予想できないだろ」

「改めて聞くと、すごい辞職理由だ……」

「それより今後のことだ。このままだと本当にリュグが倒産するぞ」

「そうだね」

　いつまでも落ち込んではいられない。

　唯一のパタンナーが欠けたことでリュグが倒産の危機に直面しているのだ。

　今はブランドのためにできることを考えるべきだろう。

「今すぐ経営がどうこうなるってわけじゃないが、夏に新作を発表できないのはかなりまずいからな……」

「うちの売り上げのほとんどは新作発表の直後に集中するからね」

　衣替えに合わせて下着を新調するお客さんも多い。

　このタイミングで新作を出せないと大きな損失を生むことになる。

「もう五月も終わりだし、最低でも来月の中旬にはパタンナーを確保しないと発注が間に合わないぞ」

「タイムリミットは六月中旬か……」

　今日が五月の末日なので、期限は約二週間というところだ。

　その後の作業スケジュールを考えれば妥当な数字だろう。

「池澤さん、謝ったら戻ってきてくれないかな」

「それは無理だな」

「その心は？」

「これを見てみろ」

　乙葉（おとは）がノートPCを操作し、その画面を見せてくる。

　そこに映っていたのは池澤さんから届いたメールで、要約すると『仕事が忙しすぎるせいで彼氏に振られた』という旨の恨み言がびっしりと綴（つづ）られていた。

「なんというか、見ただけで呪われそうだね」

「こんなメールを送ってくる奴が、謝ったくらいで戻ってきてくれると思うか？」

「他の人を探すしかなさそうだね」

結局、最後までその姿を見たことがなかった池澤さん。

深夜にデザインを提出すると、文句を言いながらも翌日には試作品を送ってくれた優秀な池澤さん。

残念だが、彼女のことは諦めるしかなさそうだ。

「というか大丈夫だよね!?　このまま代わりの人が見つからなくて、本当にリュグが倒産するなんてことにならないよね!?」

「とりあえず落ち着けよ」

「こんな状況で落ち着いていられるわけないでしょ!?」

「おいこらよせ、私の肩を激しく揺さぶるんじゃない」

思わず取り乱してしまった。

乙葉を揺さぶっていた手を止め、彼女の肩から両手を離す。

「うう……俺、女の子のパンツが作れなくなるなんて嫌だよ……」

「お前、ほんとに女子のパンツ好きだよな」

呆れたようなジト目を向けられてしまったが、なんと言われようとパンツが好きなのだから仕方ない。

下着作りは生き甲斐だし、ランジェリーで女の子を笑顔にするという夢のためにも、会社が潰れるのは困るのだ。

「取り乱しだってするよ……俺にとってリュグは大切な場所なんだから……」

「……そうだったな」

その弱音を彼女は責めなかった。

かわりに、握ったこぶしを恵太の胸に軽く当てて、

「安心しろ。新しいパタンナーは私のほうで探しておく。——なに、知り合いに当たれば数日中に見つかるだろうさ」

「乙葉ちゃん……」

不敵に微笑む小さな代表が頼もしい。

「ありがとう。頼りにしてるよ」

「……とか言いながら頭を撫でないでくれる？」

「おっと。絶妙に撫でやすい位置にあったから、つい」

「子ども扱いするんじゃねぇよ」

子ども扱いが気にさわったらしい。

乙葉が煩わしそうに恵太の手を払う。

「まったく……これでも私はれっきとした大人のレディーなんだからな？」

「わかってる。頼りにしてるっていうのは本当だよ」

大学生と会社の経営者というふたつの顔を持ついとこ。

社内で『企画』『広報』『経理』を一手に引き受け、小さな体でリュグを支えてくれている乙葉のことを、恵太は心から尊敬していた。

◇

翌日の六月一日。

多くの学校と同じく私立翠彩高等学校も今日から衣替えとなっており、夏季制服で登校した恵太が下駄箱から上履きを取り出すと、横から声をかけられた。

「浦島君、おはようございます」

「ああ、水野さん。おはよう」

セミロングの髪を揺らし、やってきた女子生徒は水野澪。

バランスの取れたスタイルを持つクラスメイトで、下着作りに必要なモデルを引き受けてくれた協力者である。

ちなみにバストは意外と大きなDカップ。

夏季制服になったことで彼女も薄着となり、全体の露出度もアップしていて、眩しい肌の煌めきに心の中でガッツポーズを決めたことはここだけの秘密だ。

「昨日はごめんね。試着のためにきてもらったのに」

「それはいいですけど、新しいパタンナーの人は見つかりそうですか？」

「今、乙葉ちゃんが探してくれてる。知り合いを当たってみるってさ」

「大丈夫でしょうか……新しい人が見つからないと、リュグが倒産しちゃうんですよね？」

「倒産なんかしないよ。俺たちが絶対にさせない」

「わたしもリュグがなくなるのは嫌ですし、手伝えることがあったら言ってくださいね」

「ありがとう」

「節約料理ならたくさん知ってるので、いつでも頼ってください」

「それは……いよいよとなったらお願いしようかな」

頼もしいが、そこまで生活がひっ迫する前になんとかしたいところだ。

そんな感じで靴を履き替え、ふたり並んで教室に向かう。

「とにかく、夏の新作発表には間に合わせないとね」

「新作が出せなくても、今までに出した下着は作れるんですよね？　それを売ればしばらくは大丈夫なんじゃないですか？」

「アパレル系は特に流行り廃りが激しい業界だからね。常に新しい商品を出し続けないとどんどん売り上げが落ちていくんだよ」

「あー……バイト先の本屋でも、新刊の出ない本はどんどん売れなくなりますね」

会社を存続させるには利益を上げ続けないといけない。

ユーザーを繋ぎ止めるためにも新作の発表は必須なのだ。

「とはいっても、パタンナーが見つかるまではあんまりやれることもないんだよね」

「そうなんですか？」

「デザインのほうはだいたい終わってるし、残ってるのはパタンナーがいないとできない作業ばかりだから」

「じゃあ、少しゆっくりできますね」

「んー……でも俺、休みの日とかどう過ごしていいかわからないんだよね。暇な時はランジェリーのカタログとか眺めてるけど」

「どんだけ下着が好きなんですか」

思えば進級してから働き詰めだった。

たまには休みを取るのもいいかもしれない。

澪と廊下を歩きながら、そんなことを考えていた時だった。

「――恵太先輩！」

「ん？　……あれ、雪菜ちゃん？」

急に呼び止められて振り返ると、そこにいたのは後輩の長谷川雪菜。

黒髪のショートボブが素敵な彼女は、高校一年生にしてGカップという巨乳の持ち主であり、先日、芸能界に復帰した若き女優だった。

そんな異色の経歴を持つ女子生徒が、切羽詰まった表情で口を開く。

「恵太先輩、責任を取ってください……」

「え？　責任？　どういうこと？」

わけがわからず聞き返すと、頬を赤らめた雪菜が胸元とスカートの前を押さえ、恥ずかしそうにモジモジする。

「私、恵太先輩のアレを味わってからずっとあの感触が忘れられなくて……もう先輩のじゃなきゃ満足できない体になっちゃったんです……っ!!」

「本当にどういうこと!?」

朝から特大の爆弾発言が炸裂した瞬間だった。

後輩の発言は意味不明だし、隣にいた澪も距離を取って冷たい視線を向けてくるしで状況は完全に四面楚歌。

しばらく羽を伸ばすつもりだったのに、ゆっくりできるのはまだまだ先になりそうだ。

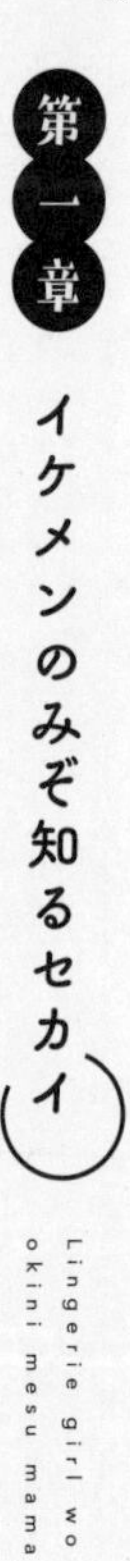

第一章
イケメンのみぞ知るセカイ
Lingerie girl wo
okini mesu mama

その日の昼休み、特別教室棟の二階、お馴染みの被服準備室で浦島被告の裁判が執り行われていた。

「それで浦島君？　長谷川さんになにをしたんですか？」

「特になにもしてないと思うんだけど……」

後輩の雪菜と並び、テーブルを挟んで向かいの席に座った澪が尋ねてくるが、恵太にはまるで心当たりがなかった。

過去を振り返ってみても、責任が発生するような過ちを犯した記憶はない。

何かの誤解なのは間違いないし、ここは本人に事情を話してもらうことにしよう。

「雪菜ちゃん、水野さんがこわいから順を追って説明してもらってもいいかな？」

「先日、恵太先輩に下着を作ってもらったじゃないですか」

「ああ、フロントホックのやつだね」

大きな胸に悩む雪菜のためにこしらえたランジェリーだ。

後輩に女豹のポーズをさせた例の撮影会のあと、そのフロントホックタイプのブラと、デザインを揃えた紫のショーツを記念に進呈したのだが……

「もしかして、なにか不具合でもあった？」

「いえ、むしろその逆です……」

「逆？」

「もらった試作品の着け心地がよすぎて、他のブランドの下着じゃ物足りなくなっちゃったんです！」

「ああ、今朝の発言はそういう意味だったのか」

「浦島君の下着は本当に着け心地がいいですからね」

そう言われると悪い気はしない。

澪に続き、雪菜もすっかりリュグの下着の虜になってしまったようだ。

「それで、リュグの下着が欲しくてお店にいったんですけど、大きめのブラは在庫がないって言われて……」

「巨乳の子向けのブラは今まであんまり作ってなかったからね」

「そんな⁉　それじゃあ、恵太先輩のでしか満足できなくなった私はどうすれば……」

「そこはかとなく悪気がありそうな言い回しが気になるけど……雪菜ちゃんがたくさん協力してくれたら、ラインナップもこれからどんどん増えると思うよ」

「えっ⁉　そ、それって……またあのハレンチな撮影会を開くってことですか？　私に恥ずかしいポーズをさせて、あらゆる角度から撮るみたいな……」

「いや、あそこまでハードな撮影会はそんなにないかな」

「なーんだ……」

残念そうなの？」

恥ずかしそうにモジモジしたり。

かと思えば残念そうに
乙女心はとても難しい。

そして澪が微妙な表情で視線を逸らしているのも気になったが、そんな上級生には気づかず雪菜がまくし立てる。

「協力は惜しまないので、早く新しい下着を作ってくださいよ」

「そうしたいのはやまやまだけど、今は難しいかな」

「え？　なんでですか？」

「実は昨日、懇意にしてたパタンナーの人が失踪しちゃってさ。新作の製作ができない状態なんだよね」

「パタンナーって、たしか服飾関係のお仕事ですよね」

「知ってるんだ？」

「撮影の現場には衣装が専門の人もいますから」

「さすが芸能人」

大人に囲まれて働く雪菜は人脈も多種多様のようだ。

「それで、新しいパタンナーの人を探してるんだよ」

「恵太先輩は、パタンナーもできたりしないんですか？」

「俺はデザイン専門だからね。もちろん、パタンナーを兼任してるデザイナーもいるけど」

「じゃあ、新しい人が見つかるまで新作はお預けなんですね……」

しゅんとする雪菜。

彼女や澪のように新作を楽しみにしてくれている人がいる。

待っているお客さんのためにも、改めてリュグを潰すわけにはいかないと思った。

「というか浦島君、偽彼氏の役は終わったのに、まだ長谷川さんを『雪菜ちゃん』って呼んでますよね」

「え？」

「ずるいです……むぅ……」

「え、なにその顔？　なんで水野さんはほっぺを膨らませてるの？」

まるで子どもみたいだ。

クールな彼女がそんな仕草を見せるのは非常にめずらしい。

「あっ、もしかして、水野さんも俺に『澪ちゃん』って呼んでほしいとか？」

「なんでそうなるんですか？　わたしも長谷川さんを下の名前で呼びたいなって思っただ

けですけど」

「ああ、そういうことね……」

恥ずかしい勘違いをしてしまった。

しばらく口を閉じておいたほうがよさそうだ。

「というわけで長谷川さん、今後は『雪菜』って呼んでもいいですか？　わたし、友達のことは名前で呼ぶことにしてるんです」

「えっと……じゃあ、私も『澪先輩』って呼んでもいいですか？」

「ぜひそうしてください」

笑顔で手を取り合う女の子たち。

そんなふたりを見ながら恵太は思う。

（水野さんと雪菜ちゃん、すっかり仲良くなってるなぁ……）

入学当初は友達ゼロだった後輩の境遇を思うと涙が出そうだ。

（ところで、未だに俺のことを苗字で呼ぶってことは、友達認定されてないってことなんだろうか……）

これ以上考えるといけない沼にはまりそうなので思考を中断する。

「そういえば雪菜ちゃん、トゥイッターで下着の宣伝をしてくれてありがとう。売り上げが伸びるって代表が喜んでたよ」

「別に大したことじゃないですから。私みたいに大きな胸で悩んでる人たちに、先輩の下着を知ってもらいたかったので」

「でも、よかったの？　あんなに胸のことを気にしてたのに」

「どうせ胸についてはなにかしら言われますからね。なので、逆に自分から発信して気にしてないアピールをする作戦でいくことにしたんです」

「雪菜（ゆきな）ちゃんって、けっこう好戦的だよね」

　考え方がシンプルで明快なのだ。

　割り切るところは割り切っているというか。

　こうと決めたら一直線というか。

　そういうさっぱりしているところは好感が持てる。

「私が宣伝したからには、売り上げが落ちて倒産なんて許さないんですからね？」

「大丈夫だよ。うちの代表が代わりの人を探してくれてるから」

　そう、なんの心配もいらない。

　乙葉（おとは）はああ見えて優秀だし、その手腕に救われたことは一度や二度ではない。

　だから彼女に任せておけば万事解決。

　池澤（いけざわ）さんの代わりもすぐに見つかって、仕事も再開できて、夏の新作も問題なく発表できるだろう。

この時の恵太は、本気でそう思っていたのだ。

その五日後、週が明けた六月六日の夕刻。

授業をやり過ごした恵太は準備室に寄ることなく学校をあとにし、途中にあるドラッグストアで詰め替え用シャンプーを購入したのち自宅マンションに帰還した。

「……あれ？　隣の部屋、誰か入ったのかな」

マンションの七階、ここ半年ほど空室だったお隣さんのドアが開けられ、引っ越し作業員のお兄さんたちがせっせと積まれた段ボール箱を運び入れていた。

作業員の人に「こんにちはー」と挨拶をして恵太は自分の家のドアに向かう。

「ただいまー」

鍵を開け、中に入ると玄関に一足のローファーがあった。

姉は不在で、妹のほうは学校から帰っているようだ。

「忘れないうちにシャンプーを詰め替えておこう」

入浴中にシャンプーが切れた時の悲しみは並大抵のものじゃない。

こういうのは早めにしておくに限る。

そんなことを考えながら廊下を進み、脱衣所に続く引き戸を開けた。

「――あ、お兄ちゃん。おかえりなさい」

「あれ、姫咲ちゃん？」

浦島家の脱衣室には先客がいた。

戸を開けた恵太を驚かせたのはいとこの浦島姫咲。

シャワーを浴びたのだろう、Ｅカップの胸を持つ彼女は髪を下ろしており、見覚えのある緑のランジェリーを身に着けていた。

その下着はこの前、澪がきた時に姫咲が着けていたもので。

もっと言えば、リュグから出ている下着ではなくて。

彼女の下着姿を見た恵太は、手にしていた鞄とレジ袋を床に落とした。

「姫咲ちゃんが、また他のブランドのランジェリーに浮気してる!?」

「いきなり女の子の着替えを覗いておいて、ずいぶんな言い草だね。下着をつけたあとだからよかったものの、もしも裸だったら大惨事だよ？」

「そうだね。下着をつけたあとで本当によかった」

普通は下着姿でもアウトだが、一般家庭の『普通』は浦島家では当てはまらない。

姫咲もまたモデルとして何度も下着姿を見せているので、そのあたりの感覚が麻痺しているのだ。

「それはそれとして、浮気はいただけないな」

「浮気だなんて人聞きの悪い。市場調査の一環で、いろんなブランドの下着を試してるだけだよ」

「なんだ、そうだったのか」

「まあ、わたしの個人的な趣味が入ってるのは否定できないけど」

「やっぱり浮気じゃん!?」

「だって可愛いんだもん。マチックの新作下着」

「マチック？　それって、こないだ水野さんがきた時に言ってたやつだよね」

「そう、コアクマチック。今、若い子たちに人気なんだよ」

マチックは略称で、正式なブランド名は『KOAKUMATiC』というらしい。

小悪魔チックの名前が示す通り、可愛さをウリにしたデザインとお求めやすい価格設定で若い客層を取り込んでいるという話だ。比較的高価格のリュグとは真逆の販売戦略を取っているブランドだが、客層が『若い女性』と被っているのでライバルであると言える。

しかし、今はそんな話はどうでもいい。

「俺以外の奴が作った下着を使うなんて、お兄ちゃんは許しませんよ！」

「別にリュグの下着しか使っちゃいけないなんて決まりはないでしょ。オシャレは自由なんだから」

「むぅ……悔しいけど一理ある……」

「一理あるどころか、反論の余地もないと思うよ？」

「というか、姫咲ちゃんはなんでこんな時間からシャワー浴びてるの？」

「体育があって汗かいたの。――それより、そろそろ出ていってくれない？　わたし、まだ着替え中だから」

「たいへん失礼いたしました」

謝罪の言葉を述べて引き戸を閉める。

姫咲の着替えが終わるまでシャンプーの詰め替え作業はできないし、部屋で待っていようと踵を返す。

するとそのタイミングで玄関の扉が開き、もうひとりのいとこが帰ってきた。

「あ、乙葉ちゃん。おかえり～」

「おーう……」

「乙葉ちゃん……？」

帰宅した乙葉の様子がなんだかおかしい。

足取りが覚束ないというか、なにやらフラフラしていると思ったら、靴を脱いだ途端、糸が切れたようにばたりと廊下に倒れ込んだ。

「ちょっ、乙葉ちゃん!?　大丈夫!?」

慌てて駆け寄り、華奢な肩を掴んで抱き起こす。

その瞬間、強烈な刺激臭が鼻をついた。

「うわ、酒くさ……」

これは明らかにお酒を飲んでいる。

顔が赤いのは転んだからではなく、摂取したアルコールが原因のようだ。

と、騒ぎを聞きつけて、部屋着に着替えた姫咲が脱衣所から出てくる。

「お姉ちゃん、どうしたの？」

「よくわかんないけど、酔っぱらって帰ってきた」

「なんだとぅ？　私は酔ってないぞ～」

「今まさに目の前で倒れた人がなに言ってるの」

「お兄ちゃん、お姉ちゃんを運んでもらっていい？」

「了解」

小さな体を持ち上げ、お姫様抱っこでリビングに運ぶ。

ソファーに座らせ、やってきた姫咲が水の入ったコップを渡すと、乙葉は両手を使ってゆっくりと飲み干した。

「わたし、ウコンのやつ買ってくるね。お兄ちゃんはお姉ちゃんを看てて」

「わかった。気をつけてね」

二日酔いの防止に効果的なドリンク『ウコンの全力』を求め、姫咲が部屋を出ていく。

妹分を見送った恵太は、ソファーでぐったりしている乙葉に視線を戻した。

「乙葉ちゃん、大丈夫？」

「ちょっと酔っただけだ。これくらいなんでもない」

「乙葉ちゃんは見た目がロリだし、絵面的にまずいから外で飲むのは控えるよう言ってるのに」

「うるさいなぁ、飲まなきゃやってられなかったんだよ……」

「なにかあったの？」

「……実はさっき、知り合いに紹介されたパタンナーに会ってきたんだ」

「え？　そうなの？」

「別の会社でバイトしてた専門学校の女学生だったんだが――先に店に入って待ってたら、席に着いた途端〝もしかして浦島社長の娘さん？　お母さんはどこかな？〟って言われたんだ！　社長なら目の前にいるだろうが！　私がリュグの代表だっつーの！」

「乙葉ちゃん、初対面だと子どもだと思われるから……」

それ自体はよくあることだ。

容姿が容姿なので無理もないと思う。

「まさかとは思うけど、それで怒って追い返したとかじゃないよね？」

「んなことするワケないだろ。誤解をといて普通に自己紹介したよ。問題はそのあとで、事前に下着のデザインを渡して試作品を作ってきてもらったんだけど……」

「けど?」

「正直、あまり出来が良くなかった」

「あー……」

恵太がデザイナーを引き継いだ時、乙葉が連れてきた池澤さんはかなり腕が良かった。

それこそ、パタンナーも兼任していた恵太の父と遜色がないくらいに。

ブランドとしては商品のクオリティを維持する必要があるし、代わりを探すにしても前任者と同等レベルの人材でないといけないのだ。

「専門が下着じゃないってのもあるんだろうが、こっちもパタンナーなら誰でもいいってわけじゃないからな。私のほうからお断りさせてもらったんだ」

「そっか……残念だけど、また他の人を探せばいいんじゃない?」

「いや、それは無理だ」

「え?」

「もう心当たりはぜんぶ当たったんだよ。繁忙期だからかなかなか捕まらないし、今日会った奴もようやく紹介してもらえたんだが……今回はマジでやばいかもな……」

「そんな……」

乙葉の暗い表情が、それが冗談の類ではないと物語っていて……

脳裏に倒産の二文字がちらつき、目の前が真っ白になる。

「すまない……私の力不足で……」

「いや、乙葉ちゃんのせいじゃないよ」

「それと、もうひとつ謝らないといけないんだが……」

「ん？」

「もうちょっと限界というか……気持ち悪くて吐きそう……」

「それはトイレまで我慢してほしいかな!?」

こんな場所で吐かれたらたまらない。

まさかの緊急事態に、慌てて小さな体を抱きかかえた恵太はリビングを飛び出し、顔面蒼白(そうはく)の乙葉をトイレに押し込んだのだった。

◇

「というわけで、俺のほうでもパタンナーを探すことにしました」

翌日の放課後、いつもの被服準備室にて。

いつもの席に腰掛けた恵太は、向かいに座った澪(みお)にそう切り出した。

「代わりの人、見つからなかったんですね」

「乙葉ちゃんが求人も出してくれてるんだけど、今のところ応募がないんだよね。繁忙期っていうのもあるだろうけど……なんか、リュグの業務は激務だって噂が流れてるみたいで……」

「それって……」

「お酒の席で、池澤さんが同業の友達にいろいろ愚痴ったみたい……」

「あー……」

事情はどうあれ、恵太たちが池澤さんを酷使していたのは事実。

ダメなところは反省して、今後は従業員に優しいクリーンな企業を目指す所存だ。

「それで浦島君も新しい人を探すことになったと」

「待ってても応募がくる保証はないし、じっとしていられないからね。とはいえ、同業者の知り合いは少ないからいきなり難航してるんだけど」

「つまり、アテはないんですね」

工場とのやり取りや営業などは乙葉が担当しているため、恵太自身はそれほど顔が広くないのだ。

「いちおう、雪菜ちゃんや絢花ちゃんにも心当たりがないか聞いてみたけど、現場にいるような人は既にどこかの会社に所属してるから」

「まあ、それはそうですよね」

「どこかに型紙から試作品まで作れる人材はいないものか……」

「うーん……」

　腕を組んだ澪（みお）が考える仕草をする。

「……もしかしたら、真凛（まりん）ならできるかもしれません」

「吉田（よしだ）さん？」

　吉田さんこと吉田真凛は澪の友人だ。

　恵太や澪と同じ二年E組のクラスメイトでもある。

「真凛は漫画やアニメが好きなんですけど、推しキャラのコスプレ衣装を自分で作ってるんです」

　澪がスマホで写真を見せてくれる。

　そこには魔法少女らしきコスプレ衣装に身を包んだ真凛が映っていた。

「へえ、けっこう本格的だね」

「細部までこだわってるみたいですよ」

　かなり細かいデザインだが、衣装にまったくヨレがない。

　正確な型紙を使って丁寧に縫製している証拠だ。

「下着を作れるかはわかりませんが、確認してみますか？」

「そうだね。他にアテもないし」

どのみちコスプレ写真だけでは判断できない。

こちらも事情を説明しないといけないし、アポを取るため澪にメッセージを送ってもらうと、すぐに返事がきた。

「真凛、まだ教室にいるみたいですね」

「じゃあ、こっちから出向こう」

被服準備室を出たふたりは二階の渡り廊下を使って教室棟に戻り、二年生の教室がある三階に向かった。

教室に顔を出すと、残っていたのは短めのツインテールが印象的な女の子で。

こちらに気づいた真凛が席を立ち、小走りでやってきたかと思うと――

「みおっち〜っ！」

「わっ？」

そのまま澪に抱きついた。

突然のハグに戸惑いながら、澪が真凛に尋ねる。

「どうしたんですか、真凛？」

「うう……瀬戸くんに振られちゃった……」

「え、振られた？　もしかして瀬戸君に告白したんですか？」

「そうじゃないんだけど……今日ね、瀬戸くんと掃除当番が一緒で、終わったあと勇気を出してお茶に誘ったんだよ。これからカフェいくんだけど暇なら一緒にどう？　みたいな軽い感じで……そしたら、他の子との先約があるからって断られちゃって……」

「それは……」

話を聞いた澪が「あちゃー……」という顔をする。

真凛の言う『瀬戸くん』というのは瀬戸秋彦のことだろう。

彼もE組のクラスメイトで、恵太とは中学からの友人どうしだ。

「ずっとフリーだったから油断してたけど、瀬戸くんは女の子に人気があるし、きっと彼女ができたんだよね……うち、失恋しちゃったよ～っ！」

「あの……真凛？　浦島君もいるのでそれ以上は……」

「えっ、浦島くん⁉」

澪に言われて、ようやく真凛が恵太の存在に気づく。

「吉田さんって、秋彦のことが好きなんだね」

「思いっきりバレてるし⁉　……せ、瀬戸くんには内緒にしてね……？」

「もちろん」

恵太とて最低限のデリカシーは持ち合わせている。

乙女の恋心を勝手に伝えるなんて野暮なことはしない。

「けど、吉田さんはなんで秋彦のことを？」

「……実は、最初の頃はちょっと苦手だったんだけどね。瀬戸くん、背が高いし、目つきも鋭いから」

「ああ、イケメンだけど、ちょっぴり強面ではあるよね」

「一年の時はクラスが違ったけど、委員会が一緒になって……それまであんまり喋ったことはなかったんだけど、仕事で困ってたらさりげなく助けてくれたんだ……それで意識し始めて、気がついたら……」

「なるほどね」

「それからずっと片想いしてるんだけど、ライバルが多いって知ってたのに、うちが勇気を出せなかったから……」

真凜の目にじわりと涙が浮かぶ。

そんな彼女の様子を見て、恵太は小声で隣の澪に話しかけた。

「(これ、とてもじゃないけど協力を打診できる状況じゃなくない？)」

「(そうですね。先に真凜の悩みを解決してあげないと)」

ふたりの結論は一致した。

無言で頷き合い、真凜の恋の応援団を結成する。

「浦島君は瀬戸君と仲がいいですよね。本人からなにか聞いてませんか？」

「いや、彼女ができたなんて話は聞いてないね」

「なら、まだ瀬戸君に彼女ができたと決まったわけじゃないですね。諦めるのは早いと思いますよ」

「そうかな……」

　澪の言葉に、真凜が自信なさそうに呟く。

「ちなみに、瀬戸君はどんな女の子がタイプなんですか？」

「ずばり、胸の大きな女の子だね」

「それ、前に真凜からも聞きましたね。やっぱり最低です……」

「お、男の子なんだし、むしろ健康的でいいんじゃないかな！」

　真凜がそんなフォローを入れるが、あまりフォローになっていない。

「瀬戸くんが巨乳好きなのは知ってたけど、うちは貧乳だからなぁ……」

「吉田さんは最近Cカップになったし、別に小さくはないと思うよ」

「え？　なんでわかるの？」

「浦島君は見ればだいたいわかるそうですよ」

「下着姿ならもっと確実だけどね。バストのカップ数なら服を着ててもわかるよ」

「す、すごいね……さすがはランジェリーデザイナー……」

　恵太の特技に若干引き気味の真凜さんである。

「それより、真凛はCカップになってたんですか？」

「実は、こないだお店で測ってもらったら成長してて……。ブラもCカップのものに替えたんだけど、そんなにあるように見えないんだよね……」

「吉田さんは小柄だからね。アンダーが細いぶん、どうしても控えめに見えちゃうんだよ」

同じCカップであっても、アンダー65の人と70の人だと実際の胸の大きさが違ってくるのだ。

あくまで目安だが、アンダー65のCカップは、アンダー70のBカップとだいたい同じくらいになる。

「寄せて上げたら巨乳にならないかな……」

「巨乳じゃなくても吉田さんは可愛いし、他のところでアピールすればいいと思うよ」

「浦島くん……」

その言葉に一瞬、顔を上げた真凛だったが……

「……まあ、どのみち瀬戸くんに彼女ができちゃってたら、もうすべてが手遅れなんだけどね……」

この通り、すぐにどんよりとした表情に戻ってしまった。

「じゃあ、確かめてみようか」

「え？」

「本当に秋彦(あきひこ)に彼女ができたのか調べてみよう」

うじうじ悩んでいても始まらない。

手っ取り早く真実を確認することにしよう。

「ねぇ、秋彦？　最近、調子はどうだい？」

「え？　なにその久々に会った親戚みたいな質問？」

体育の授業中、体育館の隅でバスケの順番待ちをしている時、横に立った秋彦に尋ねると彼は困惑の表情を浮かべた。

「特に意味はないんだけど、ちょっと気になってさ」

「別にいつも通りだけどな。しいて言えば昨日、姉ちゃんたちが夜中にコンビニの限定プリンが食いたいって言い出して買いにいかされたくらいか。しかも全力ダッシュでギリギリ間に合うくらいの制限時間付きで、買ってきたら買ってきたで〝やっぱりアイスがよかった〟とか言い出す始末だし……」

「それがいつも通りって、もはや感覚が麻痺(まひ)してるとしか」

三姉妹の傍若無人(ぼうじゃくぶじん)ぶりが際立っている。

理不尽すぎる彼の日常に同情を禁じ得ない。

「そういえば秋彦、今日の放課後って時間ある？」

「放課後？」

「新しいパタンナーが見つかるまで作業できないから暇でさ。一緒にゲーセンでもどうかなって」

もちろんこれは調査のための質問だ。

昨日の真凛のように、軽い感じで遊びに誘ってみたのだが……

「あー、悪い……今日は先約があるんだ」

「先約？」

「ああ、ちょっとな……」

聞き返すと、秋彦がポリポリと頬をかいて、

「会いにいかなきゃいけない奴がいるんだ」

そんな意味深な台詞を、どこか照れくさそうに言い放ったのである。

「どうやら秋彦は、今日も誰かと会う予定があるらしい」

「二日連続ですか……」

「相手はやっぱり女の子なのかな……」

その日の昼休み、昼食を済ませた恵太は被服準備室に集めた真凛と澪に聞き取り調査で知り得た情報を共有していた。

「その人については何か言ってませんでしたか？」

「それが、言いにくいのかはぐらかされたんだよね」

「言いづらい相手に会うということですか……」

「ま、まさか瀬戸くん、人妻とそういう関係に……？」

「さすがに違うと思うよ」

男子高生が人妻と交際とか、吉田さんの想像力が豊かすぎる。

「昨日は黙ってたけど、秋彦って、あんまり女子が得意じゃないみたいなんだよね」

「え？　そうなの？」

「中学の時からモテてたけど、彼女がいたって話は聞いたことないし。よく女子に遊びに誘われてるけどぜんぶ断ってるし、意図的に避けてるフシがあるというか」

「意外ですね。経験豊富なタイプかと思ってました」

「でも、そうなると瀬戸くんの約束の相手って誰なのかな？」

一連の情報を踏まえたうえで、三人がしばし思考をめぐらせる。

「ふーむ……女子は苦手だけど、誰かと会う約束をしてて……」

「その相手のことは友達の浦島(うらしま)君にも教えてくれなくて……」

「話す時に照れくさそうにしてたってことは、少なくともただの友達じゃないよね……」

恵太(けいた)、澪(みお)、真凛(まりん)の順に意見を出すと、三人の中でひとつの解答が導き出された。

「まさか秋彦(あきひこ)の奴(やつ)……」

「瀬戸(せと)君の約束の相手って……」

「もしかして——男の子？」

まさかのＢＬ的な展開に動揺を隠しきれない。

瀬戸秋彦に、男子と交際している疑惑が浮上した瞬間だった。

「いやいやまさか、秋彦がそんな……」

「でも、それなら言いづらそうにしてたのも説明がつきませんか？」

「瀬戸くんに彼女じゃなくて彼氏が……」

女子が苦手な秋彦。

誰かと会う約束をしているのに、相手のことを言わなかった違和感。

全ての要素がＢＬ説の説得力を高めていた。

「彼女ができたかどうか調査するつもりが、洒落(しゃれ)にならない疑惑が持ち上がっちゃいましたね」

「うちも、まさかこんなことになるなんて……」

「まあ、まだそうと決まったわけじゃないからね。ちょうどいい具合に、今日も『先約』とやらがあるみたいだし――」

眼鏡を指で押し上げた恵太が、真剣な面持ちで告げる。

「放課後、秋彦を尾行しよう」


そうして迎えた放課後。恵太と澪、真凛の三人は学校を出た秋彦の尾行を開始した。

「秋彦の奴、めちゃくちゃ足取りが軽やかだね……」

「瀬戸君、どこにいくんでしょう？」

「他の学校の男の子に会うのかな……？」

帰りのHR(ホームルーム)が終わったあと、そそくさと学校を出たターゲットは現在、彼の家がある住宅街の方向に移動中で――

恵太たちは距離を取られないよう、それでいて相手に見つからないよう、物陰に隠れながら慎重にあとをついていく。

そうして尾行を開始してしばらく経(た)った頃――

「ここって……」

「公園ですね」

秋彦が立ち寄ったのは、なんの変哲もない普通の公園だった。

彼が向かったのは屋根がかかった東屋。

慣れた様子でベンチに腰掛けると、鞄からイヤホンを取り出して耳に付ける。

そのイヤホンが繋がっているのは秋彦が手にしたスマホで、動画でも観ているのか、横持ちにしたその画面を彼は食い入るように眺め始めた。

恵太たちは近くにあった植え込みの陰からその様子を見守っていたのだが、しばらくすると秋彦が、なんともデレデレした様子で「ふふふ、俺も愛してるぞ♡」と口にした。

「今、愛してるって言ったよね⁉　か、かかか彼氏さんとテレビ電話してるのかな⁉」

「流行りのリモートデートでしょうか」

「秋彦に気づかれないように近づいてみよう」

背後から忍び足で秋彦に近づいていく三人。

全員でターゲットの真後ろに立つと、おそるおそる彼の手元を覗き込んだ。

すると、スマホに映っていたのはゲーム画面と思しき映像で。

ツインテールが可愛い猫耳メイドが、笑顔で『あなたのことが大好きだよ♡』と告げているシーンだった。

秋彦がプレイしていたのはいわゆるギャルゲーと呼ばれる類のゲームで、スマホを使って女の子との疑似恋愛をお楽しみ中だったのである。

「瀬戸くんがギャルゲーしてるうううううううっ⁉」

「はっ⁉　なんだお前ら、なんでこんなところにいるんだ⁉」

真凛の悲鳴により、さすがに気づいた秋彦がイヤホンを外しながら振り返る。

「秋彦こそ、なんでこんなところでゲームしてるのさ？」

「家だと姉ちゃんたちが絡んでくるからゆっくりプレイできないんだよ。ゲームの女子より自分たちを構えとか言って」

「秋彦のお姉さんたち、本当にフリーダムだね」

秋彦は四人いる瀬戸家の姉弟の中で唯一の男子である。

それ故、彼は三人いる姉たちのいじられ役になっているのだ。

恵太と秋彦が話していると、再度ゲーム画面を覗き込んだ真凛が何かに気づいたように言う。

「ねぇ？　そのゲームって『ケモミミ☆ファクトリー』だよね？」

「えっ⁉　吉田さん、ケモファク知ってるの⁉」

「ゲームはやってないけど、アニメは好きで観てたから」

「マジか。けっこうマイナーな作品なのに、こんなところに同志がいるとは……ちなみに、どのヒロインが推しか聞いても？」

「やっぱりマリちゃんかな～。健気にご主人様に尽くすところが好き」

「わかりみが深い！」

秋彦と真凜がオタトークを始めた。

話の断片から察するに、彼がプレイしていたゲームは猫耳のヒロインたちと愛を育む内容らしい。

「秋彦たち、なんだか盛り上がってるね」

「真凜はゲームにも詳しいですから」

「ところで水野さん。猫耳メイドの尻尾って、どうやって服の上に出してるのかな？　パンツに穴でも開けてるのかな？」

「さあ？」

「スカートをめくって確認したくなるよね」

「え？　この話題、広げるんですか？」

恵太と澪が他愛のない話を繰り広げていると、我に返った秋彦が疑問を口にする。

「というか、マジで三人はなんでここにいるんだ？」

「それは……えっと……」

真凜が口ごもり、オロオロと目を泳がせる。

そんな彼女に代わり、恵太が誤魔化す役を買って出る。

「今日はこの三人でお茶しようって話になってさ。ここには偶然、本当にたまたま通りかかったんだよ。そしたら秋彦(あきひこ)がスマホを片手に愛を囁(ささや)いてたから、恋人と電話でもしてるんじゃないかと思って」

「オレに恋人？　あはは、ないない」

　あるわけないと秋彦が笑い飛ばす。

「でも瀬戸(せと)君って、けっこう女の子に声をかけられてますよね？」

「声はかけられるけど、オレ、三次元の女子は恋愛対象外だから」

「「はい？」」

　澪(みお)と真凜(まりん)の声が綺麗(きれい)にハモった。

　驚いた様子のまま、真凜がおずおずと質問する。

「え、瀬戸くんは巨乳の女の子が好きなんじゃ……？」

「見てるぶんには好きだけど、付き合うとなると話は別というか……ぶっちゃけあんまり女子にいい思い出がないんだよな」

「そうなの？」

「あれは、オレがまだ小学生だった頃の話なんだが――四年生に上がってすぐ、クラスでも可愛(かわい)いって評判だった女子に告白されて、生まれて初めて彼女ができたんだ」

「瀬戸君は、その頃から人気者だったんですね」

「けどそのあと、オレをめぐって血みどろの争いが起きたんだ……」

「「……え？」」

物騒すぎる言葉に、再び女子ふたりの声がハモる。

「血みどろって、いったいなにがあったんですか？」

「付き合い始めた女子に、いつも一緒にいる仲のいい友達がふたりいたんだけど、そのふたりもオレのことが好きだったらしくて……」

「「うわぁ……」」

完全に修羅場だ。

そして、恵太にはなんとなくその先の展開が読めてしまった。

「で、こじれにこじれた挙句、最終的には教室の真ん中で乱闘騒ぎ。相手の頬を引っぱたいたり、髪を掴んだりやりたい放題。あの時は心底、女子がこわいって思ったよ」

「それは俺でもトラウマになるね」

小学生でそんな光景を見たら忘れられない思い出になる。もちろん悪い意味で。

「あと、オレには姉が三人いるんだけど、見た目はともかく性格が最悪でさ。奴らに弄ばれて捨てられていく連中をさんざん見てきたからな……気づいた時には女性不信と恋愛恐怖症を同時にこじらせてたんだ……」

「不憫すぎますね」

「雪菜ちゃんの時も思ったけど、異性にモテすぎるのも困りものだよね」

秋彦が恋愛に前向きじゃないことは恵太も知っていた。

ただ、小学時代にそんなことがあったのは初めて聞いた。

「別に女子が嫌いなわけじゃないし、普通に遊ぶくらいなら問題ないんだけど、付き合うとなるとどうしても二の足を踏むっていうか……女はこわいものだってイメージが払拭できなくて、それで気づいたら画面の中のヒロインに夢中になってたんだ」

「そこで冒頭の美少女ゲームに繋がるんですね」

「ぶっちゃけ、結婚するなら二次元嫁かなって思ってる」

それは事実上の独身宣言だ。

三次元の女子と付き合う気はないという意思表示のようにも取れる。

「(俺が尾行を勧めといてなんだけど、これ、吉田さん的にかなりきついんじゃ……?)」

「(意中の相手が二次元の女の子に愛を囁いていたわけですからね)」

澪とふたりで真凛の様子を窺う。

すると、彼女は真剣な表情で秋彦に話しかけた。

「あの、瀬戸くん」

「ん?」

「アニメの話とかもっとしたいから、よかったら連絡先を交換しませんか?」

「いいよ。俺も、もっと吉田さんと話したいし」

恵太たちの心配は杞憂だったらしい。

意中の相手が二次元しか眼中にないと判明したのに、そんな逆境に立たされてもなお、真凛のCカップの胸に宿った恋の炎はどうやら消えてはいないようだ。

「えへへ、瀬戸くんの連絡先ゲットしちゃった♡」

「よかったですね、真凛」

真凛と秋彦が連絡先を交換したあと、ゲームの世界に戻ったイケメンを残して三人は公園をあとにした。

「それにしても驚いたよ。吉田さん、本当にアニメとか詳しいんだね」

「まぁね。これでもけっこうオタクなんだよ」

コスプレ衣装を自作するくらいだ。

それだけでも作品に対する愛がうかがえる。

「秋彦とも長い付き合いだけど、まさかあんな過去があるとは思わなかったよ」

「女性不信の原因は、お姉さんたちにあるとも言ってましたね」

「本人も言ってたけど、瀬戸家のお姉さんたちは壮絶だから」

「壮絶って、あまり人に対して使う言葉じゃない気がしますが……」

あの三姉妹に関しては他に言いようがないのだ。

とにかくキャラが強烈というか、さすが魔女と謳われるだけはあるというか、例えるなら全員がRPGのラスボスのような存在なのだ。

「けど、吉田さんは本当に秋彦でいいの？　もう見たからわかると思うけど、ゲームの女の子とお喋りするような奴だよ？」

「むしろ、好きな人が同じ趣味を持ってて嬉しいかな。うちもアニメ観てる時はあんな感じだし、瀬戸くんとお喋りできて楽しかったもん。二次元の子にしか興味なかったのは想定外だけど、頑張って振り向かせてみせるよ！」

「吉田さん……」

健気な告白に、自然と応援したくなる。

こんな可愛い子に慕われている秋彦が羨ましい。

「そういえば、メールで言ってた浦島くんの話ってなんだったの？」

「そうだ、その話をしにきたんだった」

「すっかり忘れてましたね」

真凛の悩みは解決したので、改めて彼女に用件を告げる。

「実は俺たち、下着を作れる人を探してるんだ」

「真凛ならコスプレ衣装を作ってますし、できるんじゃないかと思いまして」

「んー……たしかにコスプレ衣装は自作するけど、さすがに下着は作ったことないし、商業レベルで通用するものとなると無理かな～」

「そっか……」

真凛の返答は芳しくないものだった。

念のため下着を作れそうな知り合いがいないか尋ねてみたが、こちらも結果はＮＯ。

こうして、新しいパタンナー探しは振り出しに戻ったのである。

◇

翌日の朝、教室入りした恵太が窓際の自分の席でスマホをいじっていると、秋彦が欠伸を噛み殺しながら登校してきた。

「おっす、恵太」

「おー、おはよう秋彦。なんだか眠そうだね？」

「吉田さんのおすすめの漫画を読んでたら止まらなくなってさ」

「さっそく連絡を取り合ってるんだ」

秋彦がゲームキャラと会話し始めた時はどうなることかと思ったが、順調に進展しているようでなによりである。

「そういや知ってるか？　最近、B組にえらい美少女が転校してきたんだってよ」

「転校生？　こんな微妙な時期に？」

「なんでも、小麦色の肌の健康的な女子らしい」

「へー」

小麦色の肌とはまた魅惑的な響きだ。

「そうだ恵太。お前、こういうの興味あるか？」

「なにこれ？　――ランジェリーデザインコンテスト？」

渡されたのは一冊のファッション雑誌。

開かれたページに軽く目を通したところ、どうやら雑誌の編集部主催でランジェリーのデザインを競い合う応募式のコンテストを開催するらしい。

「ヒナ姉に頼まれたんだよ。あんまり応募がないらしくて、応募条件とかは特にないから恵太も参加してくんないかって」

「ああ、柊奈子さんか。ファッション誌の編集さんなんだっけ」

瀬戸柊奈子。

出版社に勤めて編集者をしている瀬戸家の長女だ。

「うーん……申し訳ないけど、今は無理かな。リュグのほうがそれどころじゃないし」

「だよな。――わかった。そう伝えとく」

「わるいね」

「その雑誌は恵太にやるよ。姫咲ちゃんにでもあげてくれ」

「喜ぶと思うよ」

姫咲はオシャレに敏感なお年頃だ。

いつも同じような服ばかり着ている姉とは対照的な女の子なので、いいお土産になるだろう。


「それにしても、パタンナーの件はどうしたものか……」

その日の放課後、恵太は被服準備室の指定席に座って考えをめぐらせていた。

既に六月に入って数日が経っているのに求人への応募はなく、一向にパタンナーが見つからない。

解決策もまるで浮かばず、焦りが募るばかり。

追い詰められた恵太がうんうん唸っていると、見慣れたセミロングを揺らしながらひとりの女子生徒が姿を見せた。

「浦島君、おつかれさまです」

「ああ、水野さん……おつかれさま」

「元気ないですね。パタンナー探しは進展なしですか」

「そうなんだよ。求人のほうも音沙汰なしだし、ほんとどうしたものかと……」

「思ったんですけど、浦島君がパターンを作れるようになれば解決なのでは？」

「それができればいいけど、一朝一夕にはいかないよ。デザインとパターン作りじゃ求められる技術がまったく違うから」

当たり前だが、新しい技術を習得するには時間がかかる。

パターンの勉強をしているうちにリュグが潰れてしまうだろう。

「正確なパターンを引くには、今以上に女の子の体に詳しくならないといけないし、特にブラは形が複雑だから難しいんだよね」

基本的にショーツよりブラのほうが価格が高く設定されている。

形状が複雑であるが故、必要となるパーツや工程が多く、コストが高くなるからだ。

パターンを引く場合も、シンプルなショーツより難易度が高いのは自明の理である。

「……じゃあ、わたしでよければ協力しましょうか？」

「え？」

「女の子の胸をじっくり観察できれば、パターンを引けるようになるかもしれないんですよね？」

「そりゃ、理屈の上ではそうなるけど……」

現実的ではないが、最終手段として恵太自身がパタンナーを兼任するというプランは検討する価値がある。

ここで彼女の胸を研究できれば、そのプランの実現性が高まるのは間違いない。

「でも、いいの？　下着姿を見せるの、あんなに恥ずかしがってたのに」

「この間の試着会は中止になってしまいましたし。わたしも、リュグのために何かしたいんです」

「水野さん……」

なんと献身的な申し出だろうか。

彼女の健気な気持ちに感動してしまう。

「それじゃあ……脱ぎますね……？」

恥ずかしそうに口にして、制服のリボンを外す同級生。

それをテーブルの上に置くと、今度はブラウスのボタンをひとつずつ外していく。

夏服なので、ブレザーがないぶん下着のお披露目まで時間が早い。

まさかの急展開にドキドキしながらその光景を見守っていると、ブラウスの前がはだけられ、彼女の綺麗なおへそと、桃色の下着に包まれたＤカップのバストが姿を現した。

「おお……っ」

素晴らしい光景に思わず席を立つ。

久しぶりに目にした澪の胸に興奮したのも束の間、

「……ん？　あれ？」

すぐに強烈な既視感に襲われて恵太は眉をひそめた。

「あの……水野さん？　つかぬことを聞くけど、そのブラって……」

「あ、可愛いですよね。この前、真凛たちとランジェリーショップにいった時、奮発して買ったマチックの下着なんですけど」

「またマチックかぁ……」

「え？　なにかダメでした？」

「まさか姫咲ちゃんだけでなく、水野さんまで寝取られてたなんて……」

「ねとられ……？」

「俺、今すごく心が寒い……」

「なんでわたし、がんばって胸を見せたのにがっかりされてるんですか？」

協力者の女の子がライバルブランドの下着をつけていた。

その事実は、恵太の心に少なくないダメージを与えてしまった。

澪がしていたのは奇しくも姫咲が着けていた下着の色違いだったが、ボンビーガールの彼女が購入に踏み切れるとは、マチックの下着は噂通りリーズナブルな価格のようだ。

そんなことを考えていると、澪があからさまに不機嫌そうな表情をしていて……

「もういいです。やる気がないなら、見せるのはもう終わりです」

「えっ!? そんな!?」

確かに澪がマチックの下着をしていたのはショックだった。

ただし、それとこれとは話が別で、彼女のお胸はこの機会にじっくりと研究したい。

そんなふうに気持ちが逸(はや)ってしまったのがいけなかったのだろうか。

ブラウスのボタンを留め直そうとする澪を止めるべく、彼女に近づこうとした恵太は、焦りすぎてテーブルの脚に自身の足を引っかけてしまった。

そして、そのまま体勢を崩し、進もうとしていた方向へ倒れ込んで――

「あ……」

「ふぇっ?」

開かれたままの澪の胸の谷間に、思いきり顔を埋(うず)めてしまっていた。

しかも絶対に倒れまいという本能が働いたらしく、無意識に彼女の体を抱きしめてしまうというオマケ付き。

あまりの事態に、顔を真っ赤に染め上げた澪が、わなわなと唇を震わせる。

「う、浦島(うらしま)君!? いったいなにを――っ!?」

「あらかじめ断っておくと、これは不幸な事故なので、通報だけは勘弁していただけると幸いです」

「いいから早く離れてください！」

怒っているのか、はたまた恥ずかしがっているのか、とにかく必死の形相で指示を飛ばす澪だったが、彼女の受難はそれで終わりではなかった。

「……なにをしているの、恵太君？」

「恵太先輩……」

発生したのは想定しうる限り最悪の事態。

かけられた声に反応し、恵太と澪がドアのほうに視線を向けると、部屋を訪れた北条絢花と長谷川雪菜のふたりが白い目でこちらを見ていたのである。

「女の子に無理やり抱きつくなんて最低ですね……」

「恵太君だけずるいわ！　私も澪さんの胸に顔を埋めたいっ！」

冷たい口調で吐き捨てる後輩と、なぜか激しい嫉妬の炎を燃やし始める上級生。

今回一番の被害者である澪を解放したあと、このふたりの誤解を解くのにかなりの時間を要したのである。

澪を含む女子メンバーが帰ったあと、窓を閉めるなどの戸締まりをして恵太も準備室をあとにした。

人気のない放課後の廊下をてくてく歩きながら、先ほどの出来事を思い返す。

「まさか、水野さんまでマチックの毒牙にかかっていたなんてね」

姫咲に続き、澪までも寝取られたのだ。

ランジェリーデザイナーとしては無論、面白くない。

「新しい下着を完成させて見返してやりたいけど、パタンナーがいないと試作品も作れないし、やっぱり求人の応募がくるのを待つしかないのかな……」

今日は六月八日。

タイムリミットは刻一刻と迫ってきている。

自分で試作品を作れたらいいのだが、パターンも裁縫も初心者だし、練習するにしても短期間でマスターできるほど簡単じゃない。

やはり現実的ではないだろうと、その案をボツにした時だった。

「——そこのお兄さん、ちょっといいかな?」

「ん?」

背後からの声に振り返ると、廊下の真ん中に見知らぬ女子生徒が立っていた。

身長は160センチくらいだろうか。

ゆるふわの髪と綺麗な褐色の肌が印象的な女の子で、真新しい夏季制服を着こなした彼女は、どこか不機嫌そうな、観察するような視線を恵太に注いでいる。

（小麦色の肌？　もしかして、この子が秋彦（あきひこ）の言ってた転校生？）

今朝、友人が言っていた話を思い出す。

褐色の肌という特徴的な外見からして、彼女が噂（うわさ）の転校生なのだろう。

問題は、そんな人物がなぜ声をかけてきたかということだが……

「長谷川雪菜（はせがわゆきな）を追っていれば会えると思ってたけど、まさかこんなにあっさり本命が見つかるなんてね」

「え？」

「アンタがリュグのデザイナーなんでしょ？」

「………」

初対面の人物に素性を言い当てられ、警戒心が首をもたげる。

すると、彼女はこちらの考えを見透かしたように、

「あ、ちなみにとぼけても無駄だから。さっき、被服準備室で女の子たちと話してるのを聞いちゃったし」

聞いてもいないのに、堂々と盗み聞きの自白までしてきた。

いよいよ不審者じみてきたため、彼女に対する警戒レベルを更に引き上げる。

「キミはいったい……」

「んー……名刺忘れちゃったし、見てもらったほうが手っ取り早いかな」

そう言うと、彼女は驚くべき行動を取った。

両手で自身のスカートの裾を持って、まるでウェイターが料理のふたを取るように躊躇なくたくし上げたのである。

当然、そんなことをすれば隠されていた下着がお披露目されてしまうわけで——

見知らぬ女子のショーツを目撃した恵太は驚きで目を見張った。

「そ、そのパンツは……っ!?」

彼女が身に着けていたのは、ここ数日で何度か目にしたパンツだった。

淡い黄色のショーツは色こそ違うものの、姫咲と澪が着用していたものと同じデザインで——

その下着を見た瞬間、恵太は直感的に〝彼女〟の正体を理解した。

「さすが、ちゃんとライバルブランドの新作もチェックしてるみたいだね」

そう言うと、彼女が初めて愉しげな笑みを浮かべる。

「あたしは浜崎瑠衣。ランジェリーブランド『KOAKUMATiC』のデザイナーなんだけど——」

スカートを戻し、名刺代わりのパンツを隠しつつ、瑠衣と名乗った少女が告げる。

「リュグのデザイナーさんは、このあと時間あったりする？」

第二章　転職はコンテストのあとで

Lingerie girl wo okini mesu mama

季節外れの転校生、浜崎瑠衣(はまさきるい)が「話がしたい」というので恵太(けいた)は彼女を連れ、落ち着ける場所に移動した。

誰に気兼ねすることなく話せる空間。

先ほどまで澪(みお)たちがいた被服準備室である。

部屋に入るなり、褐色の肌の転校生がキョロキョロする。

「学校にプライベートルームをつくるなんてやるじゃん。いったいいくら積んだの？」

「普通に先生に許可をもらっただけだよ」

「ふーん？　……あ、そだ。アンタの名刺ちょうだいよ」

「いいけど」

肩にかけていた鞄(かばん)からカードケースを取り出し、名刺を渡す。

「浦島(うらしま)恵太……ってことは、リュグのブランド名って『竜宮城』からきてるの？」

「そう聞いてる。浜崎さんこそ、『KOAKUMATiC(コアクマチック)』って大手のブランドだよね」

「まぁね。あたしのパパが運営してるブランドのひとつだけど、デザイナーも何人か在籍してるし、そこそこ規模は大きいかな」

「まさかの社長令嬢……お嬢様って呼んだほうがいい？」

「普通でいいよ。お嬢様って柄じゃないし」

「じゃあ、普通に浜崎さんで。――それで浜崎さんは、どうして俺がリュグのデザイナーだってわかったの？」

「これ」

目の前にやってきた瑠衣が、手にしたスマホを突き出してくる。

「これって……この間の雪菜ちゃんのトゥイートだね」

フロントホックブラの宣伝をしてくれた時のものだ。

その呟きには、ベッドの上に置かれた下着の写真が添えられていて……

「ここの端っこにチラッと映ってるの、この学校のスカートでしょ？」

「あ、ほんとだ」

「制服っぽかったから、探偵を雇って学校を特定してもらったってわけ」

「探偵って……」

「ずっと活動休止だった子役が復帰した直後にリュグの宣伝をし始めたからね。なにかしら関係があると思うのが普通でしょ？　――で、学校を突き止めたのはいいけど、さすがに探偵も中までは入り込めないから転校して自分で調査してたの。長谷川雪菜を追ってたらこの部屋で浦島を見つけたってわけ」

「それで盗み聞きしてたわけか」

「盗み聞きじゃなくて調査だから」

物は言いようである。

とりあえず、こちらの素性を知っていた理由はわかったが……

「えげつない行動力だけど、そんな簡単に転校ってできるもんなの？」

「この学校、私立だし、寄付金を払ったらあっさり転入できたけど」

「リアルのブルジョワって初めて見た……」

さすがは社長令嬢。

お金の使い方が一般人とはかけ離れている。

「浜崎(はまさき)さんの前の学校ってどこなの？」

「ん？　黒鐘(くろがね)女学院だけど」

「えっ⁉　それって都内にあるお嬢様学校じゃ……」

制服が漆黒のセーラー服で有名な名門女子高だ。

噂(うわさ)では大企業のご令嬢とか、政治家のご息女がゴロゴロいるらしい。

「堅苦しい校則ばっかなのが玉に瑕(きず)だけど、気の合う子もいたし、けっこういい学校だったよ」

「あそこって相当偏差値高いはずだけど……浜崎さん、頭いいんだね」

「ま、それなりにね」

「そんな学校を辞めてくるなんて……もしかして浜崎さんはストーカーなの？」

「は？　そんなんじゃないから」

おそるおそる尋ねると、瑠衣が鬱陶しそうに否定する。

「なら、どうしてそこまで俺にこだわるわけ？　探偵まで雇うって、並大抵の執念じゃないよね？」

「そんなの、アンタが目障りだからに決まってるでしょ」

「目障り？」

「あたし、昔から負けず嫌いなの。努力して認められて、やっとマチックで働けるようになったのに、同じ高校生デザイナーだからってことあるごとにアンタと比べられて……だから、いつか白黒つけたいと思ってたんだよね」

「え？　俺、そんな理由で目の敵にされてるの？」

会社は違えど同じ業界だし、恵太の噂が他の会社に流れていること自体は不思議でもなんでもないが、そんなことで敵対心を燃やされても反応に困る。

一連の恵太の心情を置き去りにしたまま、瑠衣がこちらを指さして、

「そういうわけだから——アンタ、あたしと勝負しなさい」

「勝負？」

「そ。勝ったほうが負けたほうになんでも命令できるってルールで」

「ばかばかしい」

何を言い出すかと思えば、想像以上に子どもじみた戯言だった。

「勝ち負けになんか興味ないし、そんなことに付き合ってる暇はないよ」

これ以上は時間の無駄だ。

鞄を肩にかけ直し、そのまま帰ろうとした恵太を彼女の言葉が止める。

「いいの？　最後まで聞いたら気が変わると思うけど」

「？　どういうこと？」

「言ったでしょ、さっきアンタたちが話してるのを聞いちゃったって。パタンナーがいなくて困ってるらしいじゃん」

「む……」

「なんか最近、リュグの仕事は激務だって噂が流れてるもんね。不眠不休で働かされた挙句、ボロ雑巾のように捨てられるって」

「噂の尾ひれがすごいことに……」

もはやブラックどころの話じゃない。

これでは求人に募集がないのも当然な気がする。

「実はあたし、マチックでパタンナーも兼任してるんだよね」

「え？　パタンナーを？」

「ふふん、デザインしかできない浦島とは違うんだから」

「ドヤ顔がムカつくけど、たしかにすごい……」

デザイナーがパタンナーを兼任すること自体はめずらしくない。

ただ、どちらも経験が必要な職業だし、十代で兼任しているということはかなりの実力があるのだろう。

「それで提案なんだけど、もしも勝負してあたしが負けたら、リュグのパタンナーになってあげてもいいよ？」

「浜崎さんが……？」

「どう？　悪い条件じゃないでしょ？」

「たしかに魅力的な提案だね」

新しいパタンナーは喉から手が出るほど欲しい。

しかし、うまい話には裏があると相場が決まっている。

「ちなみに、その勝負で俺が負けた場合はどうなるの？」

彼女の目的をまだ聞いていなかった。

探偵に依頼して学校を特定し、転校までして接触してきたその目的を、不敵な笑みを浮かべた少女が告げる。

「条件が同じじゃないとフェアじゃないでしょ？　あたしが勝ったら、アンタにはマチックのデザイナーになってもらうから」

その日の夜、帰宅して着替えた恵太が乙葉に事の顛末を報告すると、童顔の代表から呆れた視線を頂戴した。

「……は？　マチックのデザイナーと勝負することになった？」

「うん」

「お前は馬鹿なのか？」

「ごめんなさい……」

ちなみにふたりがいるのはリビングで、乙葉はソファーにどっしりと腰掛けており、彼女の前に恵太が立っている構図だ。

腕と足を組んだ代表が「はぁ……」と深いため息をこぼす。

「だいたいそれ、相手の目的は明らかにお前の引き抜きだろうが。負けたら移籍って、デザイナーのお前が抜けたらそれこそリュグは終わりなんだぞ？」

「わかってる」

おそらく瑠衣はライバルブランドのリュグを潰しにかかっているのだろう。

恵太を目の敵(かたき)にしているような口振りだったし、マチックに引き抜いたあとでネチネチいじめるのが目的なのかもしれない。

「でも、このまま待ってても応募がある保証はないし、これは優秀なパタンナーをゲットできるチャンスだと思うんだ」

「それはそうかもしれないが……マチックはでかい会社が運営してるブランドだし、そこで働いてるってことは、そいつも相当優秀なデザイナーだぞ」

「マチックってそんなにすごいの？」

「運営会社がもともと洋服を扱って成長した会社なんだが、経営戦略は典型的な薄利多売だな。工場で大量に生産してコストを抑え、多くのユーザーに安く提供する。高価格帯の商品が中心のうちとは真逆のやり方だ。市場だと安価な下着のほうが当然売れるから、利益は比べるべくもないだろうな」

品質には絶対の自信があるリュグのランジェリーだが、そのぶん価格も高いのでそれほど数は出ないのが現状だ。

乙葉の言う通り、リュグとマチックのスタンスは真逆と言っていい。

「マチック自体は比較的新しいブランドだが、あそこは安価なわりにデザインも凝ってるからな……そんな相手と勝負して勝算はあるのか？」

「頑張る」

「……恵太ってけっこうアレだよな、猪突猛進というか、目的のためなら周りが見えなくなるタイプだよな」

「そうかな」

「リュグを継ぐから手伝ってくれって頼まれた時も驚いたし」

「懐かしいね」

「お前が中二の時だから、そんなに昔のことじゃないだろ」

そう言って乙葉がまぶたを閉じる。

考えをまとめるように少しの時間を置いて、ゆっくりと目を開けた。

「まあ、今回の件は池澤の後任を見つけられなかった私にも責任があるからな。お前の好きにやってみろ。もちろん、こっちもできる限りのサポートはする」

「ありがとう」

「そのかわり、負けるのは許さないぞ」

「もちろん。俺だって、リュグを離れる気はないからね」

コアクマチックのデザイナーになる気はさらさらない。

浜崎瑠衣との勝負に勝って、逆に彼女を引き抜くのがこの話を受けた目的なのだから。

乙葉との話がついたタイミングで、キッチンにいた姫咲がエプロンを外しながらやってくる。

「話、終わった？　そろそろ夕飯にしたいんだけど」

「ああ、そうだね」

「姫咲、今日の献立は？」

「肉じゃがだよ」

「それはいいな」

　腰を上げた乙葉が軽い足取りでダイニングテーブルに向かう。

　彼女に続き、恵太もそちらにいこうとすると、突然、来客を告げるチャイムが鳴った。

「む？　こんな時間に誰だ？」

「俺が出るよ」

　乙葉を制して恵太がリビングを出る。

　廊下を進んで玄関に出向き、鍵を解錠してドアを開けた。

「どうも、隣に引っ越してきた浜崎です。よかったら引っ越しそばをどうぞ――……って、あれ？」

「浜崎さん？」

　玄関の前にいたのは、パンツルックの浜崎瑠衣だった。

　動きやすそうなシャツとカーゴパンツというシンプルな装いだが、それでもオシャレに見えるのはさすがデザイナーといったところだろうか。

ご挨拶

「な、なんで浦島がいんの⁉」

「だってここ俺の家だし。隣に引っ越してきたって……まさか本当にストーカー……」

「なっ⁉　違っ⁉」

　こちらの疑惑を、瑠衣が真っ向から否定する。

「ほんとに違うから！　入居したのは昨日だけど、隣が浦島の家だなんて知らなかったし、そもそもアンタのことは今日初めて知ったって言ったじゃん！」

「あ、そっか」

　彼女がこちらの正体を掴んだのは今日の出来事だ。

「そういえば、こないだ引っ越し業者がきてたっけ……」

　あれは事前に彼女の荷物を運びこんでいたのだろう。

　時系列も彼女の証言と一致するし、隣に越してきたのは本当に偶然らしい。

「ごめん。ストーカー扱いして」

「わかってくれたならいいけど……あ、これ引っ越しそばです」

「ああ、どうも。これはご丁寧に」

　引っ越しそばの箱を受け取るも、なんだか微妙な空気になってしまい、お互いにペコペコ頭を下げ合ってしまう。

「にしても、まさか引っ越した先に浦島がいるなんてね」

「俺も驚いたよ。すごい偶然だね」

「隣の部屋に女子のパンツを作ってる男がいるって、ここ完全に事故物件じゃない?」

「女子のパンツを作ってるのは浜崎(はまさき)さんも同じでしょ」

「あたしは女子だから問題ないですぅ」

「くっ……謎の敗北感……」

「ま、さすがに今のは冗談だけど。仕事だもん。性別は関係ないよね」

「へぇ……」

それに関しては共感できる。

恵太(けいた)も仕事に性別は関係ないと思っているし、もしかしたら、彼女とは気が合うのかもしれない。

「そういえば浜崎さん、ご両親は?」

「ここにはいないよ。実家は都内だし、パパとママはそっちに住んでる。今の学校も電車で通えなくはないけど、けっこう時間かかるから転校のついでに引っ越しちゃった」

「じゃあ、一人暮らしなんだ」

「そ。2LDKだから、寝室と仕事部屋で分けてる感じ」

「そっか、同じマンションでも間取りは違うんだね。うちは三人で暮らしてるから3LDKだよ」

「へー」

「……というか浜崎さん？」

「ん？」

「俺たち普通に談笑してるけど、いいの？　いちおう敵どうしなのに」

「はっ!?」

気づいたら世間話に花を咲かせていた。

指摘を受け、瑠衣が思い出したように表情を引き締める。

「こ、こんなことで和解したなんて思わないでよ!?　あたしにとってアンタは倒すべき敵なんだからね！」

「してないから大丈夫だよ」

「ならいいけど……じゃあ、あたしはそろそろ戻るから」

「うん。引っ越しそば、ありがとう」

「いえいえ」

瑠衣が立ち去ろうと踵を返して、

「あ、そうだ――」

思い出したように顔だけ振り返ると、敵対表明をした時のような強気な表情に、少しだけ照れたようなニュアンスを含めて言う。

「慣れ合うつもりはないけど、これから、お隣さんとしてよろしく」

　翌日、六月九日の昼休み。

　いつもの準備室を訪れた恵太（けいた）は、向かいの席にちょこんと座った澪（みお）に昨日の出来事を説明した。

「それで、浦島（うらしま）君は浜崎（はまさき）さんと勝負することになったんですか？」

「まあね」

「でも、負けたら浦島君がリュグを辞めなきゃいけなくなるんですよね？」

「そうだけど、パタンナーがいないとどのみちリュグは倒産の危機だからね。池澤（いけざわ）さんの代わりが見つからない以上、浜崎さんの提案に乗るしかないかなって」

「よく乙葉（おとは）さんが許可しましたね」

「乙葉ちゃんには勝手なことをするなって怒られたよ」

「やっぱり……」

「ただ、最後には折れてくれた。そのかわり絶対に勝てってさ」

「信頼されてるんですね」

「ありがたいことにね。――だから、絶対に勝たないと」

「そうですね。わたしも応援してます」

「ありがとう。個人的にも、姫咲ちゃんと水野さんを寝取った浜崎さんは許せないからね。けちょんけちょんにしてやろうと思ってる」

「その人、浦島君の真横にいますけどね」

「お、やっとツッコんでくれた」

そう答えたのは恵太ではなく、褐色の肌が眩しい女子生徒だった。

恵太の隣、澪のはす向かいの席に浜崎瑠衣が腰掛けていたのである。

「浦島君、どうして絶賛敵対中の人を入れちゃうんですか？」

「どうもこうも、浜崎さんが勝手についてきたんだよ」

「いーじゃん別に。あたしだってこの学校の生徒なんだから」

そこを突かれると弱い。

この部屋はあくまで学校のもので、こちらに彼女を追い出す権利はないのだ。

我が物顔でくつろいでいた瑠衣が、その視線を澪に向ける。

「ところで、水野さんだっけ？　アンタって浦島のカノジョなの？」

「違います」

「そんな気はしてたけど、否定するの早くない？」

「水野さんは下着作りの協力者だよ。今年の春からモデルをやってくれてるんだ」

「えっ⁉　浦島って同級生の女子をモデルにしてるの⁉　マジか……男子に下着を見せるなんて普通は嫌がりそうなものなのに……」

「ふっ、俺の人望のなせるわざだね」

「調子に乗らないでください。わたしはリュグの下着が欲しいだけですから」

そう言う澪だが、微かに頬が赤くなっているのを恵太は見逃さなかった。

良質なツンデレに心の中で敬礼しておく。

「なるほど、協力の見返りに新作を渡してるワケか。……でも、言われてみればたしかにイイ体してるかも……」

「は、浜崎さん……？」

瑠衣にじっと見つめられ、澪が居心地悪そうに身じろぎをする。

「アンダー65のDカップか……けっこう胸あるじゃん」

「どうして見ただけでカップ数がわかるんですか……」

「どうしてと言われても……職業病みたいなもん？」

「やっぱり浦島君の同業者なんですね」

「ま、安心しなよ。あたしが浦島に勝ったら水野さんもマチックにくればいいんだし、十代のモニターは貴重だから可愛がってもらえるよ」

「勝つのは俺だから、そんなことにはならないけどね」

不敵な笑顔を向け合い、ふたりのデザイナーが静かに火花を散らす。

「ってかさ、さっき浦島が言ってた、あたしが寝取ったとかってなんの話？」

「浦島君は、妹さんとわたしがマチックの下着を使ってたのが気に入らないみたいですよ」

「ああ、寝取られってそういう意味かぁ」

事情を聞いた瑠衣が、意地の悪い笑みを浮かべて恵太を見る。

「アンタの妹も水野さんもわかってるじゃん。マチックの下着は可愛いもんね。リュグは高級志向だからお値段的にも学生には敷居高いし、ふたりとも浦島の作るランジェリーに飽きちゃったんじゃない？」

「ぐはあっ⁉」

思わぬ攻撃を受け、恵太が胸を押さえてうずくまる。

「こ、これで勝ったと思わないことだね……」

「言葉とは裏腹に、ものすごくダメージ受けてるじゃないですか」

澪の言う通り、今のはクリティカルヒットだった。

これはデザイナーに限った話ではないが、あらゆるクリエイターに『飽きちゃった』は禁句なのだ。

瀕死の重傷を負った男子を放置し、スマホを操作した瑠衣が澪に画面を見せる。

「ちなみに、水野さんが使ってた下着ってこれ？」

「あ、それです。わたしのは色違いですけど。素敵ですよね」

「ほんと？　これ、あたしがデザインした新作なんだ〜」

嬉しそうに瑠衣が笑う。

澪が購入したマチックの下着は彼女がデザインしたらしい。

嬉しい事実が判明してホクホク顔の瑠衣に対し、リュグのデザイナーは死んだ魚のような目をしていて……

「そっか……水野さんも浜崎さんの下着がいいんだ……」

「もちろん浦島君の下着も素敵だと思ってますよ」

「よーし！　浦島君、元気が出てきましたよ〜」

「こいつ、びっくりするくらいチョロくない？」

隣の席で浜崎さんが引いていたが、華麗なる復活を遂げた恵太の耳には届かなかった。

そんなこんなで、盛大に脱線してしまった話を澪が戻す。

「それで、勝負の内容はどうするんですか？」

「ああ、それはね――」

昨日、秋彦にもらった雑誌を取り出してテーブルに置く。

恵太が開いたページの、例のコンテストの告知に澪がさっと目を通して、

「ランジェリーデザインコンテスト……？」

「ファッション雑誌の読者参加企画なんだけど、ちょうどいいから勝負はこのコンテストを利用することにしたんだ」

「あたしと浦島が応募して、より上位の賞を獲ったほうの勝ちってわけ」

「なるほど、外部の人が採点するなら公平ですね」

勝負である以上、審査員は公正でないとならない。

その点、両者と無関係な外部の団体が運営するこの企画は都合がよかった。

「そのかわり、けっこう締め切りがギリギリなんだけどね」

「あ、本当ですね。もう一週間ない感じですか……」

このコンテストはネット応募で、締め切りは六月十三日の月曜日。

結果発表はその一週間後の二十日となっている。

今日はもう九日なので、すぐにデザインに着手しないと間に合わない計算だ。

「お題は『女の子が初デートで身に着けたくなる下着』ですか」

「いかにもファッション誌って感じのテーマだよね。——参考までに、水野さんならどんな下着にする？」

「わたし、今まで好きな人とかいたことないのでわかりかねます」

「そっかー」

彼女はまだ恋をしたことがないらしい。

「……でも、もしもわたしに好きな人がいたら、さすがにワンコインランジェリーではいかないと思います」

「その心は？」

「そりゃあ、わたしだって女の子ですし？」

「へぇ……」

「な、なんですか……？」

「いや、綿100％の下着を常用してた水野さんが成長したなぁと」

「できればそれ、蒸し返さないでほしかったんですけど……」

そんなつもりはなかったが、ご機嫌を損ねてしまったようだ。

とはいえ、ぷんすかしている水野さんも可愛いのでまったく問題はない。

「ワンコインランジェリーって？」

「浜崎さんは気にしないでください」

「えー？　めちゃくちゃ気になるんだけど……」

ワンコインランジェリーの真相は澪によって闇に葬られ、気になるのに永遠に明かされないという地味に嫌な呪いとなって瑠衣の身に降り注いだ。

「ちなみに、浜崎さんは初デートにどんな下着でいくのかな？」

「これから勝負する相手に教えるわけないでしょ」

「とか言って、ほんとは恋愛経験がないだけなんじゃない？」

「んなっ⁉」

「ああ、そういえば前の学校は女子校だもんね？　周りは女の子ばかりで、出会いなんてなかったかぁ」

「い、言っとくけど、今はいないってだけだから！　彼氏なんて今まで星の数ほどいたし、こう見えて経験豊富なんだからね！」

顔を真っ赤にしてまくし立てる浜崎さん。

それを見て恵太(けいた)は確信した。

（この反応、浜崎さんは間違いなくファッションビッチだね）

ファッションビッチとは、恋愛経験がないのに経験豊富を自称する女子の総称である。

最初に会った時も可愛いパンツを穿(は)いていたし、彼女は派手な外見とは裏腹に、間違いなく純情ガールだ。

「ま、浜崎さんをからかうのはこれくらいにして――」

「からかってたの⁉」

先ほどの『飽きちゃった』発言に対するささやかな仕返しだ。

転校生のウブな反応を堪能(たんのう)したところで恵太が席を立つ。

「コンテストの締め切りまで時間もないし、さっそく知り合いの女の子たちに取材してみないとね」

その日の放課後、デザインコンテストでグランプリ獲得を目指す恵太（けいた）は単身、デザイン制作のための聞き取り調査を開始した。

「なになに？　好きな人と初デートするとしたら、どんな下着にするか？」

「それが浦島（うらしま）くんのお仕事と関係あるの？」

「うん、女の子のリアルな意見を聞きたいんだ」

最初に取材したのは吉田真凛（よしだまりん）と佐藤泉（さとういずみ）のふたりで。

他に誰もいなくなった放課後の教室で、仲良く立ち話をしていた彼女たちに単刀直入に尋ねてみたところ――

「そりゃあ、とっておきの可愛（かわい）いやつだよ～」

「なるほど、王道でいいね」

秋彦（あきひこ）ラブの同級生、真凛の意見は実に素晴らしいものだった。

「見せるかどうかは別として、備えておけば憂いなしだからね」

「ま、真凛ちゃん……けっこう大人なんだね……」

「ちなみに、うちの勝負下着は白とピンクの縞パンです！」

「あ、よかった。あんまり大人でもなかった」

真凛のカミングアウトに、ほっとした様子の佐藤さんである。

「佐藤さんはどうかな？　初デートはどんな下着にする？」

「うーん……私だったら、相手の人が好きそうなのを選ぶかも」

「ほう……」

興味深い意見に恵太の目が光る。

「佐藤さんはどうしてそう思うのかな？」

「だって、せっかくのデートなんだし、好きな人には喜んでほしいって思うから」

「なるほどなるほど。佐藤さんはけっこう尽くすタイプなんだね」

「……ん？」

「初デートで下着を見せるの前提とか、いずみんもけっこう大胆だね♡」

「え？　大胆って……あっ⁉」

ようやく自身の問題発言に気づいたらしい。

熟したトマトのように赤くなった泉が慌てて否定する。

「違くて！　見せる前提で言ったわけじゃないから！　私、そんなに積極的な子じゃないし、むしろ奥手で、男の子と手を繋ぐのも恥ずかしいタイプだから……っ！」

「そんなに慌てなくても、恋する乙女って感じで可愛いと思うよ」

「……そ、そうかな？」

恵太がそう伝えると、ショートの髪をいじりながら泉が照れる。

バレー部所属の長身ガール、佐藤泉の意見も素晴らしいものだった。

多少のアクシデントはあったものの、それはそれで貴重な意見を聞くことができたのである。


真凛たちの意見を愛用のタブレットにメモして、教室を出た恵太は次の人物に話を聞いてみることにした。

「初デートにしていく下着ですか？」

「うん、雪菜ちゃんはどう思う？」

「そんなの、自分が好きなものを着ければいいと思います」

一年生のエリアである教室棟の二階、その廊下で見つけた雪菜に尋ねると、そんな答えが返ってきた。

「相手の好みに合わせるとか面倒ですし、デートなんてただでさえ歩き回るんだから、動きやすいのが一番ですよ」

「雪菜ちゃんらしい意見だね」

「ぶっちゃけ、胸が大きいと移動するだけで疲れるんですよね」

「切実な悩みだね。さすがGカップ」

彼女の意見もとても参考になった。

性格や体格によっても意見が変わるのは面白い。

これから予定があるという雪菜と別れ、タブレットに取材内容を書き込みながら今後の予定を考える。

「絢花ちゃんにも意見を聞きたいけど、仕事が忙しいみたいだからね」

ファッション雑誌の撮影が詰まっているらしく、最近はなかなか捕まらないのだ。

残念だが仕事の邪魔はしたくないし、校内の知り合いはおおかた当たったので、恵太も下校することにした。


マンションに帰宅し、私服に着替えた恵太はいとこたちにも取材をすることに。

まず話を聞いたのはキッチンで夕食の支度をしていた浦島姫咲で、部屋着の上にエプロン姿の妹分に同じ質問をしたところ、

「そりゃ、初デートなら気合いを入れるべきだよ」

「ほう？　気合いとな？」

「女の子にとってデートは真剣勝負だからね。男の子をイチコロにできるような、普段より攻めた下着を選ぶのがマストだと思うよ」

「けど、初めてのデートでそれは攻めすぎじゃないかな？」

「遊びのデートならそうだけど、本命の初デートなら全力でいかないと」

「姫咲ちゃんは本当に中学生なの？」

まだ十四歳の中学生なのに、完成された魔性の女っぽい風格はなんなんだろう。

彼女の恋愛観が心配になるが、参考になるのは間違いないのでタブレットにメモしつつターゲットを年上のいとこに変更する。

「乙葉ちゃんはどう思う？」

「は？　デートにどんな下着をつけていくか？」

リビングのソファーに腰掛け、膝に置いたノートPCでなにやら作業していた乙葉が途端に面倒くさそうな顔をする。

「そんなの興味ないし、知らないんだけど……」

「乙葉ちゃんは大学で出会いとかないの？」

「ねーよ。私は見た目こんなだし、恋愛はとうの昔に諦めてる」

「体が小さくても、乙葉ちゃんには魅力がたくさんあるのに」

「たとえばどんなだよ？」

「まず、下手な男より男前だよね」

「私、女子なんだけど……」

「ほっぺは赤ちゃんみたいにぷにぷにだし」

「それ出会いと関係ないし、むしろ馬鹿にしてない？」

「頼りになるし、ぶっきらぼうだけど優しいし、本当のお姉ちゃんだと思ってるよ」

「おい、よせやめろ。さすがに照れる……」

「褒められ慣れてなくて、すぐに照れるところも可愛いよ」

「お前はぶん殴られたいのか？」

怒りと照れを足して二で割ったような、なんとも言えない表情で睨んでくるいとこが可愛い。

「とにかく、乙葉ちゃんは魅力的な女の子だよ。いつか絶対その魅力に気づいて惚れる人が現れると思うし、自信を持って青春を謳歌してほしいんだ」

成人しているとはいえ彼女はまだ現役の女子大生。

彼氏のひとりやふたりいてもおかしくないお年頃だし、恋愛を諦めないでほしいと伝えたかったのだが――

「恵太……」

「ん？」

可憐な顔を上げた乙葉が、真剣な表情で吐露する。

「私に惚れる奴とか、そいつ絶対ロリコンじゃん」


その後、夕食を済ませて自室に戻った恵太はデスクに向かい、タブレットを手に取材で得たデータを確認していた。

「いろんな意見が集まったね」

取材の成果は上々で、充分な情報を集めることができた。

「あとはこれを参考に、コンテスト用のデザインを描くだけだね」

まだ見ぬ下着を思い浮かべて笑みがこぼれる。

今回はどんなフォルムにしようか？

素材や色はどうしようか？

考えることは無数にあって、想像の翼はどこまでも広がっていく。

これこそがこの仕事の醍醐味。

ランジェリーデザイナーをしていて、いちばん楽しいと思える時間だ。

「さて、今回はどんなランジェリーにしようかな」

期待に胸を膨らませながら、ペンを手にした恵太はさっそくデザインの制作に着手したのだった。

◆

一方、浦島家の隣、最近越してきたばかりの浜崎瑠衣もまた仕事部屋にこもってコンテスト用のデザイン制作に取りかかっていた。

「コンテストだから、やっぱり見栄えのいいデザインがいいよね……」

今回、作品を審査するのはユーザーではない。

目の肥えたファッション誌の編集者たちである。

それを踏まえたうえで瑠衣は対策を考えていた。

「あとは、雑誌の読者層が十代後半っぽいから、あんまり子どもっぽくないほうがいいかも……だとすると、装飾は控えめにして純粋なフォルムで勝負するか……」

ブツブツと呟きながらデスクに向かい、置かれた用紙に頭の中のアイデアを描き出していく。

最初はとにかく数だ。

たくさんデザイン案を出して、いいと思ったものをブラッシュアップしたり、複数のものを組み合わせたりして徐々に精度を上げていく。

それが浜崎瑠衣の仕事の仕方だった。

頭をフル回転させ、鉛筆を繰りながら瑠衣が呟く。

「やっとリュグのデザイナーを見つけたんだから……」

浦島恵太。

想像していたよりもなんというかこう、悪い意味で気の抜けた人物だったが、あの眼鏡男子がリュグを支える屋台骨なのは間違いない。

同じ高校生ランジェリーデザイナーであり、自分にとってライバル的な存在。

そんな恵太と勝負できることに、瑠衣は心が高揚しているのを感じていた。

「あたしの渾身のデザインで、絶対に負かしてやる」

◇

六月十日。金曜日の昼休み。

被服準備室のドアを開けた澪は、そこに広がっていた光景に目を丸くした。

「またパンツをかぶってる……」

指定席でタブレットに向かう恵太が、頭部に桃色のパンツを装着していたのである。

女物のパンツをかぶる男子とか改めて見ても酷い絵面だが、今回が二回目ということもあり、わりと落ち着いた様子で彼に状況を確認する。

「浦島君、なにかあったんですか？」

「実は、コンテスト用のデザインで苦戦してて……」

「まあ、パンツをかぶってる時点でそんな気はしてましたが……とりあえず頭のパンツ取ってください」

お願いすると、恵太が素直にかぶっていたパンツを取り外し、ズボンのポケットに仕舞い込む。

その間に澪は鞄を置き、彼の向かいの席に腰を下ろした。

「それで、今回はどこでつまずいてるんですか？」

「わからないんだ……」

「？　なにがわからないんですか？」

「デートに臨む際の、下着を選ぶ女の子の気持ちがわからないんだ……っ!!」

「ああ……まあ、浦島君は男の子ですからね。逆にわかったらこわいです」

浦島恵太は男の子。

彼が男性である以上、女子の心の機微を本当の意味で理解することは不可能だ。

「普通に可愛いデザインじゃダメなんですか？」

「それも考えたんだけど、そんな単純でいいのかなって……普通の可愛いデザインでいいなら、わざわざ初デートで使うなんてテーマにしない気がするんだよね」

「言われてみれば……」

「今までは女の子に似合うデザインを描いていればよかったけど、今回はより女子の視点に立って考える必要があると思うんだ。だから、デートに臨む女の子の気持ちを知りたいんだけど、うまく想像できなくて……」

「それはかなりの難題ですね」

危機的な状況のはずなのに、なんとなく気が抜けてしまうのはなぜだろう。

女子の下着についてこれほど真剣に悩む男子高生は、たぶん世界に彼だけだと思う。

「それで、現状のデザインがこんな感じになってしまって……」

「これは……わかりやすく迷走してますね……」

見せてもらったタブレットには、可愛いとセクシーをごちゃ混ぜにしたような、どっちつかずのランジェリーが表示されていた。

斬新ではあるものの、とてもデートに着けていきたいとは思えない。

「思ったんですけど、今回の勝負って浜崎さんが圧倒的に有利ですよね」

「というと?」

「だって、どう考えても女性の浜崎さんのほうが女の子の気持ちを理解できるじゃないですか。スタートラインの時点で浦島君は後れを取ってると思います」

「なんてことだ……」

「もしかして、そこまで考えてなかったんですか？」

「うん……」

「たまに思うんですけど、浦島君はけっこうお馬鹿さんですよね」

「お馬鹿さん⁉」

「はい。なので、もう少し後先を考えて行動するべきだと思います」

「どうしよう……馬鹿にされてるはずなのに、水野さんみたいな美少女に言われると悪くないかもと思ってしまう自分が憎い……」

「浦島君はドMの素質もあるんですね」

　女の子を困らせて喜ぶなど、ドSな一面がある浦島氏。

なじられて悦ぶ性癖もあるとなるともう手に負えない。

「でも、少し変ですよね……」

「ん？　なにが？」

「浜崎さんが浦島君をライバル視してるのはわかるんですけど、いまいち目的がわからないといいますか……彼女の目的がリュグを倒産させることなら、わざわざ自分にリスクのある勝負を持ちかけなくてもいいと思いませんか？」

「言われてみればそうだね……パタンナーのいない今のリュグの状況なら、そのまま放置すれば勝手に潰れちゃうわけだし……」

彼女は同じ高校生デザイナーとして、恵太と比較されるのが気に入らないと言っていたらしい。

だから白黒つけたいというのはわかる。

しかし、それならば瑠衣が恵太をスカウトする理由はなんなのだろう？

「まあ、単純に力比べがしたいだけかもしれませんが」

「浜崎さんの目的がどうであれ、俺のやることは変わらないしね」

コンテストで浜崎瑠衣に勝つ。

そして約束通り、彼女にリュグのパタンナーになってもらう。

彼の言う通り、それがリュグを守るための最も確実な方法だ。

「ただ、浜崎さんが手強い相手なのは確かだと思います。わたしもつい彼女がデザインした下着を買ってしまいましたし――……ああ、そういえば……」

言葉の途中で、あることを思い出して澪が言う。

「言い忘れてたんですけど、浜崎さんの作った下着って、着け心地が浦島君の下着に似てるんですよね」

「え、そうなの？」

「はい。優しく包まれてる感じがすごくしっくりくるといいますか」

「へー？　それは不思議だね。着け心地はデザイナーの特色が出るから、ブランドによってけっこう違いが出るはずなんだけど」

「そうなんですか？」

　比較対象になる下着が少ないので、そういうものかと思っていたのだが、ブランドやデザイナーによってランジェリーの着け心地は変わるらしい。

「まあ、今はそれよりも作品づくりのほうだね。時間もないし、なんとかしてデート仕様の勝負下着を選ぶ女子の気持ちを理解しないと」

　着け心地の類似点についても気になるが、まずは目先の締め切りだ。

　澪もそちらの対策について考えてみる。

「それなら、実際に女の子とデートしてみるというのはどうですか？」

「デート？」

「はい、モデルの誰かと取材デートをすれば何か掴めるんじゃないでしょうか？」

「なるほど……つまり、デート中に相手のスカートをめくってデート仕様のパンツを確かめるわけだね」

「全員協力者なんですから、そこはめくらなくても普通に見せてほしいって頼めばいいのでは？」

「けどさ、事前に相手に取材だって伝えて、正確な情報は得られるのかな？」

「というと？」

「たとえば普段は化粧っ気のないマダムでも、子どもの授業参観の時はやたらと気合いを入れたりするでしょ？　取材デートだってわかってたら、必要以上に気合いの入った下着を選んじゃう気がするんだよね」

「あー、なるほど。その可能性は考えてませんでした」

　参観日にマダム達が気合いを入れてお化粧をするように。

　デートの相手が必要以上に気合いの入った下着を選んでしまう可能性はある。

　事前に取材デートだとわかっていたら、無駄な見栄や虚勢による補正がかかり、リアルな女の子の気持ちを知ることはできないかもしれない。

「そうなると残念だけど、取材だって知ってる水野さんはデートの相手にはなれないね」

「個人的には残念でもなんでもないですけどね」

「雪菜ちゃんは芸能人だからデートは難しそうだし……」

「芸能界に復帰したばかりですしね」

　ドラマの役も決まったらしいし、雪菜にとっては今が大事な時。

　スキャンダルになりそうなことは絶対に避けるべきだ。

「ということは、自然と相手は絢花ちゃんになるわけだけど……」

「問題は、どうやって勝負下着を使う状況に持ち込むかですね」

絢花は以前、恵太に対する恋心はないと澪に言っていた。

仮に恵太が彼女をデートに誘えたとしても、恋心のない男子を相手に本気の勝負下着を着用してくるとは思えない。

「俺としては、女の子が本気で選んだ勝負下着が見たいわけで……となると、絢花ちゃんにはあえて事情を告げずに、本気でデートに臨むよう仕向けないといけないね」

「でも、どうやって？」

「それに関しては秘策がある」

「秘策ですか？」

絢花が自ら選んだ『本気の勝負下着』を確認する方法。

澪には想像もつかないその秘策を成功させるためには水野さんの協力が必要なんだけど……」

「ただ、その秘策を成功させるためには水野さんの協力が必要なんだけど……」

「もちろん、なんでも言ってください」

「結構。それじゃあ、さっそくでわるいんだけど――」

向かいの席に座る恵太が、戦場の前線に部下を送り込む指揮官のような表情で任務の内容を告げる。

「水野さんには、絢花ちゃんをデートに誘ってほしいんだ」

「……はい？」

その日の放課後、特別教室棟を訪れた澪(みお)は被服準備室の前で立ち止まり、深呼吸をしてからドアを開けて中に入った。

「おつかれさまです、北条(ほうじょう)先輩」

「あら澪さん、おつかれさま。今日もめちゃんこ可愛(かわい)いわね」

澪の登場に、座って雑誌を読んでいた絢花(あやか)が嬉(うれ)しげに微笑(ほほえ)む。

この金髪の上級生にとって、水野(みずの)澪は好みど真ん中の女子だそうで、顔を合わせるたびに容姿を褒めてくるのだ。

「挨拶がてら、お尻を撫(な)でてもいいかしら？」

「もちろんダメです。ナチュラルにお尻を撫でようとしないでください」

「残念、今日も振られちゃった♪」

「嬉しそう……」

冷たくあしらわれても嬉しそうな絢花さんである。

お馬鹿さん呼ばわりされて悦(よろこ)んでいた恵太(けいた)も相当な変態だが、絢花にも彼と同じものを感じるのは澪だけだろうか。

それはともかく、今は自分の任務に集中するべきだろう。

実は、絢花とふたりきりのこの状況は恵太の計略によるものだった。

彼がメールで彼女に招集をかけ、澪が話を切り出しやすい特別なシチュエーションを作り上げたのである。

お膳立てされた部屋の中、澪は意を決して彼女の傍に進み出た。

「あの、実はわたし、北条先輩にお願いがあるんですけど」

「あら、なにかしら？」

「えっと……」

いざ決行するとなると、途端に恥ずかしくなってきた。

心臓はバクバクとうるさいし、顔はお風呂上がりかと思うほど熱く火照っている。

更には無意識に胸に手を当ててモジモジしてしまう始末。

それでも緊張した面持ちで金髪の少女を見つめて、大きく息を吸い込んだ澪は、事前に用意していた台詞を大きな声で言い放った。

「明日、わたしとデートしてください！」

第三章 女子高生を脱がせたいお兄さんの話

Lingerie girl wo okini mesu mama

約束の土曜日の朝、ラフな部屋着姿の絢花（あやか）は自室の姿見の前に立ち、両手に持った洋服を交互に自分の体にあてがっていた。

「どれを着ていこうかしら……こっちのミニスカートもいいけど、せっかくの水野（みずの）さんとの初デートだし、やっぱりワンピ？」

可愛い（かわい）女の子が大好きで仕方ない絢花である。

そんな金髪少女が、自分好みの後輩女子にデートに誘われたのだ。

ルンルン気分で支度をするのも致し方ないことだろう。

「決めた、こっちにしましょう！」

選んだのは最近購入したばかりの白のワンピース。

涼しげなデザインで初夏にぴったりな洋服だ。

これに薄手のカーディガンを合わせればかなりいい感じになるだろう。

「服はこれでいいとして——」

今日は早起きして朝シャワーも浴びたし、自慢の髪はいつも以上に時間をかけて丁寧にセットした。

身だしなみは完璧。

着ていく服も決まったとなれば、残る準備はあとひとつ。

「下着のほうも気合いを入れないといけないわね」

繰り返すが、今日は好みの女の子である水野澪とのデートなのである。

デートである以上、ピンク色の展開が待っていないとは言い切れない。

あらゆる局面を見据えて、こちらも万全を期すべきだ。

そんなわけで絢花はチェストに近づき、引き出しを開ける。

そして、コレクションしているランジェリーの中から、奥のほうに仕舞われていた一枚のショーツを取り出した。

「とっておきのこの下着……とうとう使う時がきたわね」

◇

たとえば女の子とデートをする時、待ち合わせのシーンとしていちばん心ときめくのはどんなシチュエーションだろう？

約束した場所で相手を待つのもいいだろう。

どんな服を着てきてくれるかとか、いろいろ想像すると楽しいし、支度に時間がかかって遅れてきた女の子に「遅れてごめんね？」と定番な台詞を言われたい。

そしてもちろん、待っている相手に声をかけるのも素敵だ。

なにしろその子が待っているのは間違いなく自分なわけで、到着してもあえてすぐに声をかけずに、前髪を気にしたりする女の子の様子をしばらく遠目に眺めたい。

果たして、今回のデートがどちらだったかといえば――

「……え？　恵太君？」

「やあ、おはよう絢花ちゃん」

約束の時間の五分前、待ち合わせ場所の駅前広場で恵太が待っていると、おめかしした幼馴染がやってきた。

手を挙げながら笑顔で挨拶をする恵太に対し、白いワンピースにカーディガン姿の絢花が驚いた表情を見せる。

「絢花ちゃんは本当に何を着ても似合うね。今日も可愛いよ」

「あ、ありがとう……」

戸惑いながら感謝の言葉を口にした直後、絢花がはっとした様子で言う。

「じゃなくて、どうして恵太君がここにいるの？」

「ああ、実は――」

恵太が簡単に事のあらましを説明する。

マチックのデザイナーとの勝負のこと。

近く、デザインコンテストの締め切りがあり、その作品づくりで悩んでいることと、今回のデートを企画した経緯などを伝えた。

「なるほど、コンテストのための取材デートね……」

呟いた絢花が、世にも愛らしいジト目を向けてくる。

「要するに、私を騙したのね」

「こうでもしないと本気の下着を選んでこないと思って」

「変だとは思ったのよ。澪さんから誘ってくるなんて」

「待ってたのが俺でガッカリした？」

「そうね。今日は澪さんとデートできると思っていたから、拍子抜けしてしまったのは事実ね」

「それは申し訳ないことをした」

謝罪の言葉を述べて、改めて幼馴染の姿を確認する。

清楚な白のワンピースに、大人っぽいデザインのカーディガンを羽織り、小さなポシェットを肩から提げている。

素人目にも、かなり気合いの入った装いだ。

これは下着のほうも相当気合いを入れてきたに違いない。

「騙したのは謝るよ。ただ、コンテストで勝つためにデザインのヒントが欲しいんだ。どこか落ち着ける場所で下着を見せてくれないかな」

「まあ、昔からさんざん見せてるし、それくらい別にかまわないけれど——」

絢花もまた下着のモデルをしてくれている協力者である。

いちおう羞恥心はあるようだが、前々から協力してくれていることもあり、澪や雪菜よりも素直に見せてくれるのだ。

しかし、今回は普段と様子が違った。

頷きかけた幼馴染が、ふと何かに気づいたように「あっ!?」と大きな声を出すと、急に態度を硬化させたのだ。

「……ダメよ」

「え?」

「今日はダメ。下着はダメ。とにかくダメ。恵太君には絶対に見せないわ」

「な、なんで……? いつもは見せてくれるのに……」

「だって……」

スカートの前を押さえた絢花が、小声でなにごとかをゴニョニョと呟く。

「……澪さんとデートできると思って、気合いを入れすぎてしまったからなんて言えるわけないじゃない……っ」

「え、今なんて？」

「なんでもないわ！　とにかくダメなものはダメなの！」

「絢花ちゃんが徹底抗戦の構えを……」

切羽詰まった表情から、絶対に退かぬという強い意志を感じる。

とはいえ、こちらもリュグの命運がかかっているのだ。

デザインのヒントを得るために、ここで引き下がるわけにはいかなかった。

「それでも、どうしても絢花ちゃんのパンツが見たいんだ！」

「ちょっ⁉　恵太君、声が大きい！」

「だって、絢花ちゃんがパンツを見せてくれないんだもん」

「子どもみたいなことを言わないで」

周囲の注目を集めそうになり、絢花が諦めたようにため息をつく。

「仕方ないわね……だったらこうしましょう」

「ん？」

「これから私とデートしなさい。せっかくおめかししたんだもの。このまま帰るのはもったいないし、恵太君が私を満足させるようなエスコートをしてくれたら、そのお礼に下着を見せてあげるわ」

「なるほど、それはシンプルでわかりやすいね」

こちらはデートで幼馴染を楽しませる。

その見返りに彼女は今日の下着を見せる。

とても単純明快だ。

「わかった。その条件でいこう」

こうして契約は成立した。

どうしてもパンツを見たい恵太と、どうしてもパンツを見られたくない絢花による、前代未聞の戦いが幕を開けたのである。


浦島恵太と北条絢花はかれこれ十年以上の付き合いになる。

昔は毎日のように彼女と遊んでいたし、相手の趣味嗜好もそれなりに知っていた。

好きな洋服や下着の傾向はもちろん、愛読している漫画や小説のジャンルに、好きな女の子のタイプまでなんでもござれ。

幼馴染特権により、相手が喜ぶデートスポットは簡単に割り出せる。

だからこそ、彼女を満足させることなど容易いと踏んだのだが——

「今の映画、どうだった？」

「まあまあね。面白かったけど、満足したかといえば微妙かしら」

「そっか……」

最初に足を運んだ映画館にて、絢花の好きそうなB級映画『朽ちかけのゾンビ街より愛をこめて』をチョイスしたのに、彼女の反応はいまいちだった。

実は独特の感性を持つ幼馴染。

この手のゾンビ映画は大好物のはずなのに、今回は楽しめなかったようだ。

「よし、それなら次だ！」

次にふたりが向かったのは大きなショッピングモール。

最近新装オープンしたばかりで、オシャレなお店が多数入っており、洋服が好きな絢花なら絶対に喜ぶと思ったのに……

「ぶっちゃけ、今日は服を見る気分じゃないのよね」

「小一時間もお店をまわっておいて⁉」

楽しそうに服を見ていた気がしたのだが、これもお気に召さなかったようだ。

なんとなく腑に落ちないものの、仕方がないので次の場所へ。

「ふぅ……今日はノドの調子がいまいちだったわね」

「連続で十曲歌った挙句、ぜんぶ90点以上を叩き出してたけどね」

ノリノリで歌っていた気がしたのに、カラオケでも成果は得られず、そのまま店をあとにした。

「これからどうする？　ボウリングでもする？」

「うーん……悪くはないけど、いまいち気が乗らないわね」

「なかなか手強いね……」

今日の目的は絢花のデート仕様の下着を確認すること。

そのためには彼女を満足させるエスコートをしないといけないのに、なかなか結果が振るわず、先行きが不安になってくる。

「はあ、これなら澪さんとデートしたほうが楽しかったかもしれないわ……」

「うわ……なんかそれ、すごく傷つく……」

別の男といるほうが楽しいと言われたみたいで微妙な気分だ。

澪は女の子だが、比較されるとなんだか悔しい。

「女の子を喜ばせるのは大変なんだね……世の彼女持ちの人たちはいつもこんな過酷なデートをしてるのかな……」

「ふふん、そう簡単に私の下着が見られると思わないことね」

「絢花ちゃんのパンツは安くないってことか……」

自分を安売りしないその姿勢は、さすがは読者モデルといったところ。

どうやら、こちらも本気で臨まねばならないようだ。

「それなら、あそこにいってみようか」

「あそこ？」

　ここからはいっさい出し惜しみしない。

　恵太は持っている手札の中で、最も強力なカードを切ることにしたのである。


「……ここは天国なの？」

「普通のメイド喫茶だね」

　恵太が隠し持っていた切り札はメイド喫茶だった。

　駅から出て少し歩いたところにある雑居ビルの二階、入店したふたりを出迎えてくれたのはオーソドックスな制服に身を包んだメイドさんたちで——

「いくら払ったらここのメイドさんをお持ち帰りできるのかしら？」

「いくら払ってもお持ち帰りは無理だと思うよ」

　ご覧の通り、絢花殿のテンションがいきなり最高潮に達していた。

　興奮しすぎて発言が危ない感じになってしまっているのはご愛嬌だ。

　そんな恵太たちの前に、来客に気づいたふたりのメイドさんがやってくる。

「お帰りなさいませ～♪　ご主人様にお嬢様♪」

「お、お帰りなさいませ……」

元気な声で言ったのは、短いツインテールが可愛い小柄なメイドさん。

おどおどしながらも一生懸命に出迎えてくれたのが、ショートの髪が素敵な長身のメイドさんで、彼女たちはなんと恵太のクラスメイトだった。

「ねぇねぇ？　どうかな、うちらのメイド服姿？」

小柄なメイドさん——吉田真凛が上目遣いで訊いてきて、

「あ、あんまり見ないで……」

長身のメイドさん——佐藤泉が恥ずかしそうにもじもじする。

「ふたりとも、よく似合ってるよ」

「えへへ、ありがとう♪」

「ありがとう……」

恵太が素直な感想を告げると、メイドさんたちが対照的な反応を返してくれた。

元気なメイドさんも、照れ屋なメイドさんもふたりとも可愛い。

すると真凛が恵太の隣、ワンピース姿の絢花に視線を向けて、

「ところで、そちらのお嬢様はもしかしなくても北条先輩だよね？　なんで浦島くんと北条先輩が一緒に？　幼馴染どうしってみおっちに聞いたけど……はっ⁉　まさかふたりは既にお付き合いしてたり⁉」

「お付き合いはしてないけど、ちょっと事情があってね」

「事情？」

「実は、下着作りのための取材中なんだ」

「ああ、こないだ聞いてきたアレか〜」

どうやら納得してくれたようだ。

本当は下着を見るための勝負の最中なのだが、ややこしくなるので黙っておく。

「恵太君、この子たちは？」

「ふたりともクラスメイトだよ。水野(みずの)さんの友達で、吉田真凜さんと佐藤泉さん」

「そうだったの。ふたりとも、よろしくね」

「はいっ、よろしくお願いします！」

「よろしくお願いします」

軽く挨拶を交わす女子三人。

それが済むと、泉が同僚の真凛に耳打ちする。

「真凛ちゃん、そろそろお席に案内しないと」

「あ、そうだね。それではご主人様にお嬢様、こちらのお席にどうぞ〜♪」

ふたりのメイドさんに連れられ、恵太たちは窓際のテーブル席に通された。

二人掛けの席に向かい合って着席し、置かれていたメニューを手に取ると、泉がお冷(ひや)を持ってきてくれる。

さっとメニューに目を通したタイミングで真凛が小型の端末を取り出した。

「ご注文がお決まりでしたらどうぞ」

「じゃあ、俺は『料理長の気まぐれランチセット』で」

「私はこの『ドキドキ☆オムライス』をお願いするわ。ケチャップで『大好き♡』って書いてちょうだい」

「『料理長の気まぐれランチセット』に『ドキドキ☆オムライス』ですね。料理ができるまで少々お待ちくださいませ〜♪」

真凛が本職のような完璧な笑顔で注文を復唱し、泉と共に店の奥に戻っていく。

そんなメイドさんたちを見送って、絢花が神妙な面持ちで口を開いた。

「恵太君……お持ち帰りするなら真凛さんと泉さん、どっちがいいと思う？」

「とりあえず、デリバリー感覚でメイドさんを持ち帰ろうとしないでほしいかな」

「私としては両手に花でもまったく問題ないわ」

「あ、俺の話ぜんぜん聞いてないね」

よほどこの店が気に入ったのだろう。

メイドさんたちを眺める絢花は本当に楽しそうで、こっちまで頬が緩んでしまう。

この笑顔が見れただけで連れてきた甲斐があるというものだ。

「それにしても、よくこんな素敵なお店を知ってたわね？」

「吉田さんが教えてくれたんだよ。オープンしたばかりなんだけど、この土日だけヘルプでバイトするから、よかったらきてほしいって」

「ふーん？」

「知り合いのレイヤーさんがバイトしてて、人手が足りなくて困ってたんだってさ。佐藤さんは吉田さんに誘われて半ば強引に手伝うことになったとか」

「人手不足はどこも深刻なのね」

「うちもパタンナー探しが難航してるしね」

世知辛い世の中になったものだ。

求人を出しても応募がなかった時の悲しみは痛いほどわかる。

「ところで……」

気を取り直し、恵太が店内をキョロキョロと見回す。

「どうかしたの？」

「いや、実はもうひとり知り合いがいるはずなんだけど——」

働く店員をチェックしながら恵太が言いかけた時だった。

「——お待たせいたしました」

その声にふたりが顔を上げると、ひとりのメイドさんが立っていた。

先ほど対応してくれた真凛や泉ではない。

黒と白を基調としたオーソドックスなメイド服に身を包み、料理を載せたトレイを携えた彼女の正体は――

「メイド服姿の澪さん……ですって？」

新登場したメイドさんは水野澪その人で。

彼女の姿を視認した瞬間、絢花の目の色が変わった。

「なにそれ反則じゃない！　澪さんとメイド服の組み合わせとか最高すぎて正気を失いそうなのだけど⁉　スカートとニーソの絶対領域とか犯罪的だし！　――ちょ、ちょっとスカートをめくってみてもいいかしら⁉」

「普通にダメですし、とりあえず落ち着いてください」

メイドさんに注意され、Bカップの胸に手を当てた金髪少女が深呼吸をする。

その間に澪が注文の品を手早くテーブルに並べた。

恵太の頼んだ『料理長の気まぐれランチセット』はハンバーグ定食で、主役のハンバーグは鉄板プレートに載せられており、かなり本格的な見た目だ。

絢花のオムライスはあとからメイドさんが文字を書くシステムらしく、まだケチャップがかかっていない状態だった。

「驚いたわ。まさか澪さんもバイトしていたなんて」

「こないだ下着を新調したので金欠なんです。メイド服は恥ずかしいですが、バイト代がよかったので」

「ああ、あのマチックの下着か」

お手頃価格のランジェリーとはいえ、彼女には金銭的ダメージが大きかったようだ。

「あの、今日はすみませんでした。北条先輩を騙すようなことをして……」

「別にいいわよ。主犯が恵太君なのはわかってるから」

「でも……」

「それでも澪さんが気になるというなら、そうね……雪菜さんみたいに、私のことも下の名前で呼んでくれたら嬉しいわ」

「まあ、それくらいなら……」

「決まりね」

約束を取り付け、嬉しげに絢花が笑う。

本件は恵太が原因のところが大きいので、禍根を残さない結果になってなによりだ。

「ところで澪さん」

「なんですか？」

「いくら支払えば私の専属メイドになってもらえるのかしら？」

「いくら出されてもお断りします。――あと、当店は撮影禁止なのでスマホは向けないでください」

「そんな⁉　写真もダメなの⁉」

「絢花ちゃん、残念だけどお店のルールだから」

「仕方ないわね……」

恵太がたしなめると、残念そうに絢花が構えたスマホを下ろす。

「写真に残せないのは悲しいけど、澪さんのメイド姿は全力で脳裏に焼き付けることにするわ。――あ、オムライスに『大好き♡』って書いてもらっていいかしら？」

「かしこまりました」

オーダー通り、澪がケチャップでオムライスに文字を書いていく。

写真を撮れず落ち込んでいた女の子はどこへやら。

美人のメイドさんに給仕してもらい、メッセージ付きのオムライスをスプーンで頬張った絢花はすっかりご満悦の様子で――

そんな幼馴染の笑顔に、恵太は再び頬を緩ませたのだった。


メイド喫茶で遅めのランチを済ませたあと、恵太たちは立ち寄った公園のベンチで食後の休憩を取っていた。

「あー、楽しかった！　まさか澪さんまで登場するなんて思わなかったわ」

「事前に吉田さんから聞いてたからね。この土日、水野さんがメイドさんをするって」

「恵太君のこと、いま世界でいちばん愛してるわ」

「満足してもらえた？」

「それはもう！」

眩しい笑顔を見せたのも束の間。

次の瞬間には、絢花が「あっ！」と何かを思い出したように笑みを消す。

「……い、今のは嘘よ？　実を言うとぜんぜん楽しくなかったわ」

「さすがにその主張は無理があると思うよ」

「う……」

「今日の絢花ちゃん、ちょっと変だよね？　なにかあったの？」

「えっと……」

「俺とのデート、そんなにつまらなかった？」

「それは違うわ！」

質問をぶつけると、顔を上げた絢花が慌てたように否定した。

直後、彼女の青い瞳と目が合って、頬を赤く火照らせた幼馴染がばつが悪そうに視線を逸らす。

「……楽しくないわけないいわ。久しぶりに恵太君と遊べて嬉しかったもの」

「ああ、ここ数年はお互い仕事で忙しかったからね」

恵太はランジェリー作り、絢花は雑誌の撮影で忙しく、子どもの時のように遊ぶ機会はほとんどなかった。

口では酷評していたが、ちゃんとデートを楽しんでくれていたようだ。

「それじゃあ、どうしてつまらなそうなフリをしてたの？」

「う……そ、それは……」

「それは？」

言い逃れできないと悟ったらしく、ようやく彼女が白状する。

「今日はちょっと、下着に気合いを入れすぎてしまって……恵太君に見られるのが恥ずかしかったのよ……」

「そういうことか」

どうりで抵抗するはずだ。

そこまで見せるのを拒否するということは、かなり攻めた勝負下着を着用しているとみて間違いない。

「そうなると、どんな下着をしているのか俄然興味が湧いてくるね」

「ま、まだダメよ。これくらいじゃ満足したとは言いがたいわ」

「えー？」

ダメと言われるとむしろ燃えてくるのが人の性。

これは是が非でもスカートの中の秘密を暴きたくなる。

「いっそ、突風でも吹いてスカートを巻き上げてくれないかな」

「恵太君、漏れてはいけない感じの心の声がダダ漏れになってるわよ」

ジト目で言って、隣に座る絢花がため息をつく。

「だいたい恵太君も恵太君よ。澪さんに頼まなくたって、最初からあなたがデートに誘ってくれたら素直に協力できたのに……」

「え？　それってどういうこと？」

「…………」

聞き返すと、彼女の頬がさくらんぼのように真っ赤になる。

「な、なんでもないわ！　私のほうが年上なんだから、もっと頼ってほしいって言いたかったの！」

「絢花ちゃん、今なにかを強引に誤魔化さなかった？」

「誤魔化してません！」

そのわりにはまだ顔が赤い気がするのだけども。

機嫌を損ねそうなのでこれ以上は詮索しないでおく。

「仕事柄、モデルの知り合いが多いから、その子たちにリュグを宣伝してもらえば売り上げに貢献するくらいはできると思うけど……」

「気持ちは嬉しいけど、根本的な問題の解決にはならないかな」

「そうなのよね……さすがの私もパタンナーの友達はいないし……」

業績を伸ばせば確かにその場しのぎにはなる。

ただ、長期間新作を発表できないのはブランドとして致命的だし、どのみち代わりのパタンナーは必要だ。

「役に立たない幼馴染でごめんなさい……」

「いやいや、絢花ちゃんにはずっと下着作りに協力してもらってるし、充分すぎるほど助かってるよ」

「そんなのじゃ足りないわ。私が恵太君にもらったものに比べたら……」

「え？」

「ね、憶えてる？　初めて私に下着をプレゼントしてくれた時のこと」

「ああ、絢花ちゃんの八歳の誕生日だね」

その時の恵太は小学一年生。

将来はランジェリーデザイナーになると決めた年だった。

「懐かしいな。初めてパンツをデザインして、それを元に父さんに仕上げてもらったんだよね。あの時はたしか、絢花ちゃんが落ち込んでて——」

当時の絢花は引っ込み思案で、前髪で目元を隠していた。

それが原因で同級生に地味だと言われてからかわれていたらしい。

だから幼い頃の恵太は、彼女が元気になるように可愛いパンツを作ろうと思った。

自分の母親が父の作った下着を嬉しそうに着けていたから、恵太も自分の作った下着で大切な幼馴染を笑顔にしたいと思ったのだ。

「ふふっ」

「絢花ちゃん？」

「思い出したら笑えてきちゃった。恵太君、昔からぜんぜん変わってないから」

「それって、遠回しに子どもっぽいって言ってる？」

「褒めてるのよ。地味で引っ込み思案だった私が可愛くなれたのも、モデルの仕事ができてるのも、ぜんぶ恵太君のおかげだもの」

「絢花ちゃん……」

「あの時、可愛い下着をプレゼントしてくれてありがとう」

「あ、うん……あはは、なんだか照れるね」

絢花がそんなふうに思っていたなんて知らなかった。

彼女が綺麗になったのも、雑誌の仕事をもらえるようになったのも本人の努力あってのことだし、恵太が何か手助けをしたという実感はない。

それでも、初めて作った下着がそのキッカケになったのだとしたら嬉しい。

「これだからデザイナーはやめられないよね……」

最近は暗い話題ばかりだったので、なんとなく救われたような気分だ。

この気持ちを忘れなければ、どんなに苦しい時でも前を向いていられる気がした。

「さて、それじゃあそろそろいきましょうか」

そう言って絢花がベンチから腰を上げる。

「いくって、どこに?」

遅れて席を立った恵太が尋ねると、くるりと振り返った彼女が楽しげに言う。

「デートの後半戦に決まってるじゃない。乙女の下着がかかってるんだもの、まだまだ満足なんてしてあげないんだから♪」


数時間後の夕暮れ時、地元の住宅街に恵太と絢花の姿があった。

「送ってくれてありがとう」

「いえいえ、おめかしした女の子をひとりで帰すのは危ないからね」

ふたりがいるのは立派な一軒家の玄関前。

金髪碧眼の絢花は何かと目立つため、デートを満喫して自分たちの街に戻ったあと、彼

女の自宅まで送ってきたのだ。

「今日は楽しかったわね」

「そうだね。……結局、デザインのアイデアは浮かばなかったけど……」

公園を出た恵太たちはゲーセンに寄ったり、適当な雑貨屋を覗いてみたりと、デートの後半戦を時間の許す限り楽しんだ。

アイデア出しこそできなかったものの、前半戦と違って絢花も普通にはしゃいでいたので、充実した休日を送ることができたと思う。

「聞きそびれてたけど、作品づくりってどこまで進んでいるの？」

「実は、まだラフ画にすら取りかかれていなかったり……」

「え？　コンテストの締め切りって明後日よね？　……大丈夫なの？」

「何人か知り合いの子に取材したんだけどね、同じテーマでもみんな意見がバラバラで、可愛いのが正義だとか、大人っぽいのがマストだとか……それでどうしたものかと……」

今回の『女の子が初デートで身に着けたくなる下着』というテーマ。

それに沿った意見を募ったのはいいが、集めたデータを活かせない状態が続いていた。

そんな現状を報告したところ、絢花はキョトンとした顔をして、

「あら、それはぜんぶ同じ意見じゃないかしら」

「同じ？」

「可愛く思われたいとか、大人っぽい下着でデートに臨みたいとか、それって結局、恋する女の子の『背伸びしたい』って気持ちでしょう？」

「背伸び……」

その言葉をなぞって、はっとする。

「そうか……違うように見えて、みんなの意見は全部そこから派生してるんだ……」

相手に可愛いと思われたい。

大人っぽい下着でデートに臨みたい。

それらは全て同じ気持ちから生まれたものだ。

バラバラだと思っていたみんなの意見、どうしても掴めなかった女の子の気持ちをようやく紐解くことができた。

同時に、今までぼんやりとしていたデザインの輪郭がはっきりと浮かび上がる。

女の子が選びたくなるデート仕様のランジェリー。

その完成イメージをようやく掴むことができたのだ。

「ありがとう、絢花ちゃん。今ならいいデザインが描けそうな気がするよ」

「恵太君の助けになったのなら嬉しいわ」

そう言って、絢花が思わず見惚れるような、柔らかな笑みを浮かべる。

「無事にアイデアも閃いたみたいだし、今日はこれで解散ね。それじゃあ恵太君、おつかれさま。作品づくり頑張ってね♡」

「まあ、待ちたまえよ絢花ちゃん」

背中を向け、家の中に入ろうとした幼馴染の肩を恵太が掴む。

「別れる前に、約束通り勝負下着を見せてもらわないとね」

「憶えていたのね……」

忘れるわけがない。

もともと、今日の目的は彼女の勝負下着を拝むことだったのだから。

「あれだけ楽しそうにしておいて、まさか満足してないとは言わないよね？」

「アイデアが浮かんだなら、もう下着を見せる必要はない気がするのだけど……」

「これだけ焦らされたのに確認しないで帰ったら気になって仕方ないよ。絢花ちゃんのパンツが見れたら作業も頑張れると思うし」

「恵太君は本当にブレないわね……」

「時間もないし、さくっと見せてもらっていいかな？」

「えっ？　……こ、ここで……？」

絢花が動揺の色を見せる。

周囲に人影はないし、立地の関係で誰かに見られる心配はないが、さすがに屋外では抵抗があるのか、なかなか行動に移せない。

それでも逃がすつもりはないし、彼女も逃げられないと悟ったのだろう。

可愛い顔を真っ赤にして、おそるおそる両手で洋服の裾を掴むと、意を決したようにワンピースのスカートを胸元までたくし上げた。

「こ、これは……っ⁉」

遂に明かされた真実に恵太が目を見張る。

「黒のレース……だと⁉」

絢花が身に着けていたランジェリーは黒のレースだった。

それは普段、彼女が使用しているブラやショーツとは一線を画す代物。

布地の面積は平均的だし、可愛らしいデザインではあるものの、漆黒の素材のせいで妖艶さのほうが勝っているというかなり攻めた下着で――

その堂々とした姿は、まさに『勝負下着』と呼ぶに相応しい風格だった。

そんなアイテムを着こなす彼女はさすがとしか言いようがないが……

「絢花ちゃん……」

「……なにかしら？」

「その下着はちょっと、背伸びしすぎなのでは？」

「そうね……」

眩しい素肌と下着を晒し、顔をリンゴのように赤くした絢花がそっと恵太から目を逸らす。

「少し、気合いを入れすぎてしまったわ」

日付が変わり、時刻が午前零時を回った頃。動かしていた手を止め、タブレットのペンを机の上に置いた恵太は、大きく伸びをしてから席を立った。

家族を起こさぬようそっと自室を抜け出し、玄関の鍵を開けて外に出る。

すると、同じタイミングで隣の部屋からパンツルックの女の子が出てきた。

「あれ、浜崎さん？」

「浦島？」

こちらを認めた浜崎瑠衣が、驚いたように目をぱちくりさせる。

お隣どうし、同時に玄関のドアを開けてしまうのはマンションにおける『お隣さんあるある』だが、親しい仲ならともかく、微妙な間柄だとこれがなかなかに気まずい。

とはいえ目が合った以上、無視するわけにもいかないと思ったのだろう。

瑠衣が仕方なさそうに尋ねてくる。

「こんな時間にどうしたの？」

「コンテスト用のデザインを進めてたんだけど、息抜きに外の空気を吸おうと思って」

「ふーん？」

「浜崎さんは？」

「あたしもそんな感じ。ついでに、ちょっとそこのコンビニまでいこうかと」

「こんな時間に？」

「実は夕飯、食べてなくてさ。備蓄もないから調達しないと」

「ちなみに夜食の献立は？」

「カップ麺とおにぎりの予定だけど……」

「体に悪いよ？」

「作品づくりで忙しいんだから仕方ないでしょ」

「ああ、一人暮らしだと大変だよね。うちは料理上手な妹が美味(おい)しい手料理を振る舞ってくれるから恵まれてるけど」

「え、なにそれ羨ましい……」

　瑠衣が本当に羨ましそうな顔をする。

「ま、いいや。リア充(じゅう)にかまってる暇ないし、またね」

　背中を向け、エレベーターのほうへ足を向ける瑠衣。

　恵太は何食わぬ顔でそのあとをついていく。

「……え？　なんでついてくんの？」

「コンビニでしょ？　心配だから俺も一緒にいくよ」

「心配って……別にひとりで平気なんだけど」

「ダメだよ、こんな深夜に女の子が一人歩きなんて。何かあってからじゃ遅いし、浜崎さんが拒否してもついてくからね」

「強引すぎない？　……まあ、じゃあ、好きにしたら？」

面倒くさそうに話を打ち切って、スタスタと先にいく同級生。

こうして夜食を買いにいくという瑠衣に付き添うことになり、エレベーターで一階に下りたふたりはマンションを出た。

適当な距離を保ち、並んでコンビニに向かう途中、隣の瑠衣が訊いてくる。

「そっちは進捗、どんな感じなの？」

「ようやく半分くらいかな」

「え、マジで？　締め切り明日なのに、それ終わるの？」

「ギリギリだけど、方向性は決まってるから間に合わせるよ。そういう浜崎さんは？」

「あたしは九割がた終わってる。あとはもう仕上げだけだし」

「おお、優秀だね」

「これでも仕事はコツコツやるタイプだから」

「俺も見習いたいところだ」

浦島恵太は雪菜のフロントホックブラを作った際、白紙の状態から一夜漬けでデザインを上げたことのある男である。

締め切り直前にならないとエンジンがかからない、いわゆるスロースターターだった。

その後、歩いて五分の場所にあるコンビニで瑠衣がカップ麺とおにぎりを、恵太が雪うさぎ大福（バニラ味）を購入して店を出た。

マンションまでの道すがら、手にコンビニ袋を提げたふたりがきた時と同様にテクテク歩道を歩いていると、会話の内容がランジェリーの話題になって……

「浦島って、ブラとショーツ、どっちからデザインする？」

「んー、その時によるかな。浜崎さんは？」

「あたしはだんぜんブラから。ランジェリーっていったら花形はブラだからね」

「……なんだって？」

恵太がぴたりと足を止める。

「それは聞き捨てならないな。主役はむしろパンツでしょ」

「はあ!?　ランジェリーの花形はブラに決まってるでしょ！　ショップに入った時もまず目を引くのがブラだし、女の子しか身に着けないブラジャーこそが主役じゃん！」

「いやいや、そう結論を急がないでほしいな。たとえば自宅でブラをしない女の子はいても、パンツを穿かない子はそうそういないよね？　ないと困るのは圧倒的にパンツだし、それこそがランジェリーの主役はパンツだという証拠だよ！」

「いーや、主役はブラだね！　浦島はぜんぜんわかってない！」

「わかってないのは浜崎さんだよ！　主役はパンツ！　こればかりは譲れない！」

「ブラ！」

「パンツ！」

　この世で最も不毛な言い争いをするふたり。

　近所迷惑この上ないが、寝静まった深夜の街にふたりの喧嘩を咎める者はいない。

　そうして言い争いながらマンションに戻ったふたりは、エレベーターに乗って七階に上がり、通路をずんずん歩いて――

「この決着はコンテストでつけるから！」

「望むところだよ！」

「絶対あとで吠え面をかかせてやるんだからね！　――あと、コンビニ付き合ってくれてありがと！」

　絵に描いたような捨て台詞と、投げやりな感謝の言葉を言い放って瑠衣が自分の家に帰っていった。

　そして、ひとり残された恵太はといえば、

「吠え面って、日常会話で聞いたの初めてだ」

貴重な体験にちょっとした感動を覚えつつ、こちらも作業を再開するべく自分の部屋に戻ったのだった。

◇

その後、恵太は無事にデザインを完成させて雑誌のホームページから提出した。

休みを取りつつ気長に待つこと一週間、迎えた六月二十日の月曜日。

コンテストの結果が発表されるのはお昼の一時ということで、昼休みの被服準備室に関係者が集まっていた。

「浦島、リュグを畳んでマチックにくる覚悟はできた？」

「浜崎さんこそ、リュグのパタンナーになる覚悟はできたのかな？」

中央に置かれたテーブルを挟んで、愛用のタブレットを持った恵太と、スマホを手にした瑠衣が向かい合って着席しており、

「わたし、なんだか緊張してきました……」

「心配しなくても、恵太君なら大丈夫よ」

「恵太先輩、負けたら承知しないですよ」

恵太の後ろには澪と絢花、雪菜の三人が立っている配置だ。

　そんなリュグの女子メンバーに、瑠衣が訝しげな視線を向けて、

「ってか、浦島って長谷川雪菜だけじゃなくて読モの『滝本あや』とも知り合いなの？　いったいどういう関係？」

「絢花ちゃんは俺の幼馴染なんだよ」

「マジか……金髪美少女の幼馴染がいるとか、浦島は前世でどんな徳を積んできたの？」

「ごめん、浜崎さんがなにを言ってるのかちょっとよくわかんない」

「控えめなのから巨乳まで揃ってるし、リュグのモデルメンバー豪華すぎるでしょ……こんな環境で仕事ができるなんて羨ましすぎる……」

「あら。条件次第では私、マチックのモデルを引き受けてもいいわよ？」

「え？　ほんとに？」

　そんな絢花の提案に目を輝かせる瑠衣だったが、

「そのかわり、浜崎さんには仕事終わりに私とホテルで一夜を明かしてもらうけど♡」

「浦島、この人はいったいなにを言ってるの？」

「絢花ちゃんは可愛い女の子に目がないんだよ」

「ええ……」

「浜崎さんくらい可愛い子なら、私はいつでもウェルカムよ♡」

「ごめんなさい。モデルの話はなかったことにしてください」

そうこうしているうちに時計の針が進み――

時刻は遂に運命の十三時を回った。

「お、更新されたね」

「結果は⁉」

恵太と瑠衣がそれぞれタブレットとスマホの画面を確認して、後ろの女の子たちも一斉にこちらの手元を覗き込む。

「あっ、佳作に浜崎先輩の名前がありますよ！」

「浦島君の名前もありましたよ！　準グランプリだそうです！」

「グランプリは中学生の子みたいね」

見事優勝に輝いたのは『匿名希望ちゃん（十四歳）』が手掛けたピンクの下着で、フリルがふんだんにあしらわれた可愛いランジェリーだった。

載せられていたデザインを確認して恵太が唸る。

「ほう……さすがグランプリを獲るだけあって素晴らしいランジェリーだね」

「浦島君の下着も素敵ですよ」

「そうね。これはデートの時にしていきたくなるデザインだと思うわ」

「ありがとう」

恵太のデザインした下着はグレーのランジェリー。

ブラ・ショーツ共にフリルなどの装飾はあえてせず、飾りは中央に添えられたリボンのみだが、カップの上部にさりげなくレース素材を使い、微かに透けるようにしたことで、可憐さと妖艶さを両立させることに成功していた。

シンプルで大人っぽく、多くの女の子が手に取りやすいデザインだ。

「結局、こういうのがいちばんグッとくるんだよね」

「なるほど。恵太先輩は、デートの時にこういう下着をつけてきてほしいんですね？」

雪菜がニマニマとしたり顔をする。

ちなみに瑠衣の作品は紫がかった黒のランジェリーで、ブラの下部分にレースのカーテンのような装飾が施された、凝ったデザインのものだった。

「浦島君が準優勝で、浜崎さんが佳作ということは、勝負はこちらの勝ちですね」

「けど、中学生の子に負けちゃったわね」

「こればかりは仕方ないよ。匿名希望ちゃんの下着も本当に可愛かったし」

勝負に年齢は関係ない。

グランプリに輝いたランジェリーがそれだけ魅力的だったということだ。

結果を受け入れた恵太に対し、顔を伏せた瑠衣が震えた声で呟く。

「……納得いかない」

「浜崎さん？」

「こんな結果、ぜんぜん納得できない……」

「勝負なんだから、負け惜しみはみっともないですよ？」

「違う！　そうじゃない！」

雪菜の言葉を否定して、瑠衣が勢いよく席を立つ。

彼女が向けてきたスマホの画面には、グランプリに輝いたピンクのランジェリーが表示されていて――

「なんでコレがグランプリなの!?　こんなのより、浦島のデザインのほうが絶対すごいのに……っ!!」

「え？」

「ん？」

「はい？」

瑠衣の放った言葉に、絢花（あやか）、雪菜、澪（みお）の順にメンバーが首を傾（かし）げる。

その場にいた全員が褐色の肌の少女に注目するなか、代表して恵太が尋ねてみる。

「えーっと……浜崎さんって、もしかして俺のランジェリーが好きだったりする？」

「はあっ!?　なに言ってんの!?　そ、そそそんなわけないじゃない！」

慌てて否定する瑠衣だったが、その額には無数の汗が浮かんでおり、動揺しているのは明らかだ。

更には、スカートを押さえてモジモジするという怪しい仕草まで見せる始末で……

「その反応……まさか浜崎さん、穿いてるの？」

「な、なんのことやら？」

目を泳がせ、ダラダラと汗を流す瑠衣を見て恵太は確信した。

その制服のスカートの下に〝大いなる秘密〟が隠されていると。

「じゃ、じゃあ、そういうことで！」

「雪菜ちゃん！　ＧＯ！」

「ラ・ジャーです！」

恵太の指示を受け、後輩の雪菜が逃亡を図ろうとした瑠衣の体を羽交い絞めにする。

その瞬間、背中に豊かな胸を押し当てられた瑠衣が大きく目を見張った。

「この子、胸すごすぎない!?」

「ふふん、すごいだろ？　雪菜ちゃんのバストはＧカップだからね」

「なんで浦島君が偉そうなんですか？」

澪が白い目を向けてくるが、なにはともあれ逃亡は阻止した。

恵太も席を立ち、後輩女子に捕まった瑠衣に近づいていく。

「あ、あたしをどうする気……？」

「心配しなくても大丈夫だよ。大人しくしていれば手荒な真似（まね）はしないから。──というわけで絢花（あやか）ちゃん、お願いできるかな？」

「任せなさい」

笑顔で頷（うなず）いた絢花が、瑠衣（るい）の前に進み出る。

そしてその場でしゃがみ込むと、なんの躊躇（ためら）いもなく彼女のスカートに両手をかけた。

「ちょっ、北条（ほうじょう）先輩!?　いったいなにしてんの!?」

「見ての通り、瑠衣さんのスカートをめくろうとしているわ」

「やめて!?」

スカートをめくられそうになり、必死に許しを請う同級生。

その光景を見守りながら横に並んだ澪（みお）が口を開く。

「いいんですか、これ？」

「相手は女の子だし、俺が手を出したらセクハラになっちゃうからね」

「でも、けっきょく指示は出してるから主犯にはなってますよ」

そんな恵太（けいた）たちのやり取りも金髪の上級生には届かない。

抵抗しようと瑠衣が身をよじるも、背後に立つ雪菜（ゆきな）に拘束されているため、変態モードになった絢花を止めるには至らない。

瑠衣が美少女というのもあってか、実行犯の調子も絶好調だ。

「ふふふ、嫌がる女の子を無理やり襲うのって興奮するわね♪」

「お、お願いだから待って……」

「待たないわ♡」

「ちょっ!?」

「えいっ♡」

「いやあああああああああああああああっ!?」

　こうして雌雄は決した。

　絢花の手によって、瑠衣のスカートは無残にもめくられてしまったのである。

　今日の彼女のパンツは純白のショーツだったわけだが、その下着はなんというか、とても見覚えのあるもので──

「ビンゴよ、恵太君。やっぱりリュグの下着を穿いていたわね」

「しかもそれ、水野さんをイメージして作った『澪シリーズ』の第一号だね」

「うっ……うっ……あたし、もうお嫁にいけない……」

　予想通り、瑠衣が着けていたのはリュグのランジェリーで。

　その下着は先日発表されたばかりのリュグの新作、記念すべき澪シリーズ第一号の色違いだった。

　瑠衣の身柄を解放したあと、その下着が意味する事実を澪が突きつける。

「浜崎さんは、浦島君の下着のファンだったんですね」

「そうだよ！　あたしは浦島のランジェリーのファンなの！」

もう言い逃れできないと悟ったのだろう。瑠衣があっけなく自白した。

「リュグの下着はけっこう買ってるし、ここぞって時の勝負下着にしちゃってるし、転校してきたのもリュグのデザイナーに会いたかったからだし、あたしのデザインって、実は浦島のランジェリーをめちゃくちゃ意識してるし」

「どうりで着け心地が似てると思いました」

納得したように澪が言う。

ブランドが違うのに似ていた理由がわかった。

それを手掛けたデザイナーが、リュグの下着のファンだったことが要因だったのだ。

「けどさ、それならなんで俺と勝負しようなんて言い出したの？」

「そんなの決まってるじゃん。浦島の作るランジェリーが好きだから、マチックに入ってほしくて勝負をふっかけたの」

「なるほど、浜崎さんはツンデレだったわけか」

「ツンデレ言うな」

「理由はどうあれ、俺の下着を使ってくれて嬉しいよ」

「……ふん」

鼻を鳴らして、照れたように瑠衣がそっぽを向く。

ともあれ、これで彼女の事情はわかった。

「まあ、勝ちは勝ちだから、浜崎さんにはリュグのパタンナーになってもらうけどね」

「わかってる……。勝負のことはパパにも話してるし……なに勝手なことしてるんだって
めちゃくちゃ怒られたけど……」

「そりゃ、怒るわよね」

「負けたらライバルブランドに移籍するなんて話、娘から聞かされたらそうなりますよね」

絢花(あやか)と雪菜(ゆきな)が所感をもらす。

と、見計らったようなタイミングで瑠衣のスマホが震え始めた。

「噂(うわさ)をすればパパだ……コンテストの結果を見たみたい……」

彼女が視線を送ってきたので頷(うなず)いてみせる。

気乗りしない表情を見せながらも、瑠衣が通話ボタンをタップした。

「……はい、あたしだけど……はい……はい……勝手な真似(まね)をしてごめんなさい……深く
反省しております……」

スマホを耳に当てた彼女が、ここにはいない父君(ちちぎみ)に向かってペコペコする。

どうやら予想通り、パパからお叱りを受けているらしい。

「会話は聞こえなくても、なんとなく内容がわかるね」

「知り合いが親に叱られてるのって、いたたまれない気持ちになりますよね」

恵太と澪がそんな会話をしていると、耳からスマホを離した瑠衣がこちらに視線を寄越す。

「浦島、今日の放課後って時間ある？」

「あるけど、なんで？」

聞き返すと、なにやら緊張した面持ちで彼女が言う。

「あたしのパパが、浦島と話がしたいって……」

その日の放課後、約束の時間より少し早い午後四時二十分。

駅前にある落ち着いた雰囲気の喫茶店の、テーブル席に恵太は座っていた。

注文したコーヒーを飲みながら待つこと数分。

その人物が入店した瞬間、ひとめで彼女の父親だと直感した。

なぜなら、グレーのスーツ姿でいかにもビジネスマンといった姿のその人は、瑠衣と同じ小麦色の肌をしていたからだ。

「やあ、キミが浦島恵太君だね。お待たせしてしまったかな」

「いえ、俺も今きたところです」

失礼のないよう、こちらも席を立って挨拶をする。

見た目は三十代後半だが、整えられた髪と清潔感から彼の几帳面（きちょうめん）さがうかがえた。

「ところで、瑠衣はいないのかな？」

「小言は間に合ってるから外で待ってるそうです」

「なるほどね」

苦笑しながら恵太に座るようにすすめ、彼自身も向かいの席に腰掛けると、やってきたウェイトレスにホットコーヒーを注文する。

「まずは自己紹介をさせてくれ。私が瑠衣の父親の浜崎悠磨（はまさきゆうま）だ。今回は娘が迷惑をかけたようですまなかったね」

「いえ、そんな」

社長だというからどんな人物がくるかと思ったが、意外にも物腰柔らかな印象だった。

どうやら父親はまともな人のようだ。

「差し出がましいことを言うようですけど、探偵を雇って俺のことを調べたり、寄付金を積んで転校させたり、娘さんを甘やかしすぎじゃないですか？」

「ははは、耳が痛いな。……ああ、すまない。キミにとっては笑いごとではないよね」

発言を詫（わ）びてから彼が話を続ける。

「あまり瑠衣を自由にさせるのもどうかとは思ったんだが、私もリュグのことは気になっていたからね」

「どういうことですか？」

「実は、キミのお父さんと私は大学の同期なんだよ」

「え？　そうなんですか？」

衝撃の事実である。

瑠衣が話していなかったということは、彼女も知らない情報なのかもしれない。

「彼とはよく『ブラとパンツ、どちらがランジェリーの主役か？』なんて議題で議論を交わしたものさ」

「俺、娘さんとまったく同じことしてたんですけど……」

「ははは、血は争えないみたいだね」

まさか父親と同じことをしていたとは……

なんだか恥ずかしいが、不思議と悪い気はしなかった。

と、ここで先ほどのウェイトレスがコーヒーを持ってきて、悠磨がカップに口をつける。

「それにしても、まさかあの恵太君がリュグを引き継ぐことになるなんてね」

「え？」

「憶えてないだろうけど、キミが赤ん坊の時に一度だけ会ったことがあるんだ。なにぶん忙しくて、それ以降はキミのお父さんとも会う機会がなかったんだけど、それでも連絡だけは取り合っていた。……なのに、三年前から音信不通になって、彼がひとりで海外にいったって話が聞こえてきたから、恵太君のことが心配だったんだ」

「それは……」

三年前──その月日の意味を思うと動悸がした。

これ以上、この話は続けたくない。

なのに、その本音を伝えることも、この場から立ち去ることもできなくて──

「葵さんのことは、本当に残念だったね」

「…………」

想像通りの話題が出て言葉に詰まる。

相手も、こちらの返事がないことで察したのだろう。

「……すまない。出過ぎたことを言った」

「いえ……」

数秒の沈黙を経て、気を取り直すように彼が口を開く。

「本題に入ろうか。瑠衣に聞いたけど、パタンナーがいなくて困ってるんだって？」

「はい。それで、瑠衣さんの力をお借りしたいんですけど……ダメでしょうか？」

「むしろ、こちらからお願いしたいくらいだ。前々から、あの子は少し社会勉強をしたほうがいいと思っていてね。キミのところで雇ってくれるなら安心だ」

「それじゃあ……」

「ああ、娘をよろしく頼むよ」

反対されるかと思いきや、あっさりと承諾してもらえた。

ある程度の修羅場も想定していたので拍子抜けだ。

「もともと、大学に入ったら一人暮らしをさせるつもりだったからね。予定が前倒しになったが、社会勉強の一環として家賃以外の生活費は自分で出してもらうことにしよう」

「急にスパルタですね」

「そう何度も転校はさせられないしね。少なくとも高校を卒業するまではリュグで面倒を見てやってほしい。あの子はデザイナーとしてはまだまだだけど、パタンナーとしては優秀だからじゅうぶん貢献できるはずだよ」

「助かります」

「いいさ。将来、キミのような優秀な人材が婿にきてくれるならうちも安泰だからね」

「……ん？」

なにか今、聞き捨てならない言葉が聞こえた気がして恵太が彼を見る。

「あの、婿って——」

その台詞を言い終える前に、彼が席を立って……

「さて、このあと予定があるから私はこれで失礼させてもらうよ。機会があれば、お父さんにもよろしく伝えてくれ」

「え？　……あ、はい……」

「ふふふ、これは近いうちに孫の顔も見られるかもしれないな。――ああ、ここの支払いは済ませておくから恵太君はゆっくりしていってくれたまえ」

陽気な口調でそう言い残し、レジで会計を済ませた彼は店を出ていった。

その姿を見送って、恵太は「はて？」と首をひねる。

「……なぜ孫？」


その後、冷めたコーヒーを飲み干した恵太が喫茶店を出ると、入り口の横に制服姿の瑠衣が所在なげに立っていた。

こちらの姿を確認すると、控えめに「おっす」と口にして手を挙げる。

「さっき、パパからメールきた。うまくやったみたいじゃん」

「まあ、悠磨さんは最初から反対する気はなかったみたいだけどね」

「そうらしいね。お前はしばらく自活して社会勉強をしなさいって言われたよ」

「これで本当の意味で一人暮らしだね」

「ま、大丈夫でしょ。幸い、就職先は決まってるわけだし」

「今さらだけど、本当にマチックを抜けていいの？」

「前にも言ったけど、あたし以外にもデザイナーはいるから平気。……それに、あんなデザインを見せられたら、負けを認めないわけにはいかないしね……」

「？　浜崎さん？」

「気にしないで。なんでもないから」

伏せていた顔を上げ、なにかを誤魔化すように彼女が笑う。

「自分のブランドを辞めてまで移籍してあげるんだから、浦島のほうこそ今さら雇わないとか言わないでよ？」

「言わないよ。浜崎さんがきてくれたら本当に助かるし」

「じゃあ、これからは同僚としてよろしくってことで」

差し出された手を握り、握手を交わす。

いろいろあったが、ようやく新しいパタンナーを確保することができた。

これでようやく再スタートが切れるわけだが、ゆっくりしてはいられない。

夏の新作発表に向けた仕事の締め切りが約十日後に迫っていることを、さてどのタイミングで切り出そうかと、恵太は真剣に検討し始めたのだった。

第四章　この素晴らしい下着回に祝福を！

Lingerie girl wo okini mesu mama

浜崎瑠衣（るい）は優秀なパタンナーである。

デザイナーから渡されたデザインを元に、生産の際に必要になるパターンを引くのがパタンナーの役割で。

その仕事は、さながら立体パズルを分解するような感覚だ。

商品のランジェリーがどんな形の布で構成されているのか考え、組み上げた時、ピタリと噛（か）み合うように部品（パーツ）の姿を紙に描き出していく。

型紙に少しでもズレがあれば縫製した時にヨレが生まれ、綺麗（きれい）な形にならない。

以前は会社のオフィスを使っていたが、リュグに移籍した現在は自宅マンションの一室が作業場で、デスクに広げた紙に丁寧に線を引いていく。

そうしてパターンが完成したら試作品の製作に着手。

愛用のミシンを使い、手作業で縫製していく。

機械のように淡々と。しかし丁寧に愛情をこめながら。

そうしてブラが完成に近づき、その全容が見えてくると、思わずため息がもれる。

「悔しいけど、やっぱり浦島のデザインはすごい……」

可憐さと大人っぽさという相反する要素の融合。

特筆すべきは、造形のデザインが優れているだけでなく、その中に計算された機能美があることだ。

着け心地を重視し、徹底して使用者のことを考えて作られている。

やはり、彼のデザイナーとしての腕は本物だ。

そのデザインが良質であればあるほどやりがいがある一方、手掛けたのが自分じゃないことがたまらなく悔しい。

早く自分も、こんなランジェリーをデザインしてみたい。

焦燥感にも似た感情を燃料にひたすら作業に没頭していく。

そんな彼女を横目に、時計の針はとっくに日付をまたいでいた。

◇

六月下旬の放課後、被服準備室に恵太の姿があった。

テーブルの前に立ち、手にしているのは試作品であるパステルグリーンのブラ。

色合いも装飾も夏らしい爽やかなデザインをしており、柔らかな布地で作られたそれを真剣な顔で検分していく。

その様子を、緊張した面持ちで見守っていた瑠衣（るい）がおそるおそる口を開く。

「……どう？」

「さすがだね。文句なしのいい出来だ」

「ふふん、当然♪」

　素直な評価を告げると、彼女が得意げに胸を張る。

　実際のところ、試作品は本当に素晴らしい出来だった。

　デザイナーの意図を汲（く）み取った完璧な造形もそうだし、形の正確さはそれだけ型紙の精度が高いことを意味する。

　彼女のパタンナーとしての技術は相当なものだ。

「これなら他のデザインを任せても問題なさそうだね」

「試用期間は終わりってこと？」

「うん。次のデザインも送っておくから、この調子でよろしくね」

「まったく、人使いが荒いんだから」

「厳しそうならスケジュールを調整するけど」

「誰に向かって言ってるわけ？　あたしにかかれば、それくらい楽勝だから」

　瑠衣が腕を組んで凄（すご）む。

　頼りになるパタンナーが入ってくれて本当に助かった。

そんな瑠衣の作った試作品を、恵太の両脇にやってきた雪菜と絢花が興味深そうに覗き込んで……

「浜崎先輩、本当に器用なんですね」

「作りも丁寧だし、大したものね」

「ま、これでも大手のブランドにいたからね」

瑠衣がリュグに移籍してから数日、被服準備室にも頻繁に顔を出すようになり、モデルのメンバーともすっかり仲良くなっていた。

特に同級生の澪とは気が合うらしく——

「瑠衣って、いつからパタンナーの仕事をしてるんですか？」

「高校に入ってからかな。中学の時は会社にちょくちょく顔出して下積みしてたよ」

「へー、すごいですね」

「澪だって本屋でバイトしてて偉いじゃん」

この通り、いつの間にか下の名前で呼び合う仲になっていた。

壁際に立った澪と向かい合い、世間話に花を咲かせていた瑠衣が、急にその視線を下に向ける。

「それにしても、澪ってほんと綺麗な胸してるよね……」

「え、瑠衣？　どうしてわたしの胸をガン見してるんですか？」

「実はあたし、三度の飯よりおっぱいが好きなんだよね」

「そんな真面目な顔で……」

「前の学校でクラスの子たちの乳房を観察してたら、いつしかおっぱいソムリエって呼ばれるようになってたし」

「おっぱいソムリエ……」

「初めて会った時から思ってたけど、澪の胸ってめちゃくちゃあたし好みなんだよね。大きすぎず、小さすぎず絶妙なバランスで……ちょっと揉んでみてもいい？」

「もちろんダメですけど……」

　身の危険を感じたのだろう。

　澪が胸を隠すように腕で自身の体を抱きしめる。

「ずるいわ瑠衣さん！　澪さんのおっぱいは私のものよ！」

「澪先輩のおっぱいは澪先輩のものだと思います」

　そこへ絢花と雪菜も加わって、わいわい騒ぎ始める女性陣。

「うふふ、澪さんのＤカップ～♡」

「ちょっ、絢花先輩!?　背後から胸を揉まないでください!?」

「なにそれ、あたしも参戦したいんだけど!?」

「浜崎先輩も変態だったんだ……」

絢花が両手を使って澪のバストを堪能し、瑠衣が参戦を希望して、おっぱい好きと判明した上級生を雪菜が白い目で見ていた。

なんとも眼福かつ微笑ましい光景に恵太が顔をほころばせる。

「みんな仲いいなぁ」

少し仲良くなりすぎているような気がしなくもないけども……

なんだかんだでうまくやっているようだし、ここは温かく見守ることにしよう。


その後、学校を出た恵太は自宅までの帰路を瑠衣とふたりで歩いていた。

同じマンションなので、こんな感じで自然と一緒に帰ることが多くなった。

ちなみに朝はギリギリまで寝ていたい派とのことで、登校時に彼女と出くわすことはあまりない。

整備された歩道を進んでいると、隣を歩く瑠衣が口元に手を当て欠伸をもらす。

「なんだか眠そうだね？」

「ああ、昨夜は遅くまで試作品に取りかかってたから」

「え？　ダメだよ、睡眠はちゃんと取らないと」

「アンタだって、仕事に集中して完徹することくらいあるでしょ」

「そうだった」

恵太も同じ穴のムジナだった。

熱中すると、つい時間を忘れてしまうのだ。

「でも、パタンナーが近所に住んでると仕事がスムーズで助かるよね」

「前は違ったの？」

「前任者との連絡はメールか電話だったし、試作品は郵送してもらってたから」

「ふーん？　マチックはデザイナーもパタンナーも同じビルの中にいたから、そういうところは楽だったかも」

池澤さんとのやり取りは電話かメールだったが、隣に住んでいる瑠衣とは連絡も手軽に取れるし、いいこと尽くめだ。

「そういえば浜崎さんのお父さん、あんなに子煩悩な感じなのに、よくリュグへの移籍を許してくれたよね」

「あたし、デザインに関してはまだまだだって言われてたから。この際だから恵太君を見習って勉強しろってさ」

「そっか」

「実際、浦島のデザインはすごいよ。すごく勉強になってる」

「俺は浜崎さんと違ってデザインしかできないから、助かってるのはお互いさまってことで」

　そんな話をしているうちに自宅マンションに到着。

　恵太たちがエントランスに入ると、ちょうど上階から下りてきたエレベーターのドアが開いて、赤毛の幼女が姿を現した。

「あれ、乙葉ちゃん？」

「お前ら、いま帰りか」

　いつものユルっとした服装で、長い髪をポニーテールにした幼女——改め浦島乙葉もこちらに気づき、小さな歩幅でやってくる。

「代表、おつかれさまです」

「おー」

　瑠衣の挨拶に、軽く手を挙げながら応える乙葉。

　既にふたりの顔合わせは済んでいるため、やり取りもスムーズだ。

「乙葉ちゃん、どこかいくの？」

「コンビニ。アイスが切れたから」

「まだ六月だけど、今日はけっこう暑いもんね。車に気をつけるんだよ？」

「あたしは小学生か」

　鬱陶しそうに乙葉がぼやいて、その視線を恵太の横に移す。

「浜崎もうまく馴染めてるみたいだな。勝負やらなんやらで最初はどうなることかと思ったが、お前がリュグにきてくれて助かってるよ」

「あ、いえ……」

「お前の親から娘をよろしく頼むって連絡があったからな。仕事以外にも困ったことがあったら遠慮せずに言えよ」

「はい、ありがとうございます」

「じゃ、あたしはアイス買ってくるから」

ポニーテールを揺らして乙葉がマンションを出ていく。

その背中を見送った瑠衣が、出入口のほうを見たまま言う。

「……あのさ、浦島？」

「ん？」

「代表って、本当に二十歳なの？」

「間違いなく二十歳の成人女性だよ。車の免許も持ってるし。しかもマニュアルの」

「マジか」

「たまにレンタルした車で出掛けたりするけど、かなりの頻度でおまわりさんに止められるんだよね」

「まあ、子どもが運転してるようにしか見えないもんね」

身長143センチで童顔の女子が大型の乗用車を運転していたら、そりゃあおまわりさんも止めるだろう。

免許証を提示した乙葉(おとは)に彼らが謝るまでが一連の流れだ。

「妹ちゃんは中学生なのにあたしより胸大きいし、浦島(うらしま)家の遺伝子どうなってんの？」

「ほんとにね」

大学生の姉がロリっ娘(こ)で、中学生の妹がEカップの隠れ巨乳というアンバランスさは生命の神秘と言うほかない。

そんな話をしながらエレベーターに乗り込み、恵太(けいた)が七階のボタンを押す。

「姫咲(ひさき)ちゃんで思い出したけど、今日の夕飯は鍋にするから、浜崎(はまさき)さんも一緒にどうかなって言ってたよ」

「えっ、鍋⁉　……ちなみに、何鍋なのか聞いても？」

「特製醤油(しょうゆ)だしのもつ鍋だって」

「そんなの絶対おいしいヤツじゃん！」

「おお、すごい食いつきだ」

「あたし、引っ越してから思い知ったんだよね……。何もしなくてもご飯が出てくるのはありがたいことなんだって……」

「一人暮らしだと自炊とか大変だもんね」

「そうそう。作れないわけじゃないけど、ひとりだとどうしても面倒くさくて」

　当然ながら食事は自動で出てくるものではない。

　浦島家の場合、姫咲が毎日食事を作ってくれるからこそ、恵太と乙葉はそれぞれの仕事に集中できるのだ。

「じゃあ、くるってことでＯＫ？」

「んー……魅力的なお誘いだけど、今日は遠慮しとく」

「あれ、なにか用事でもあった？」

「スケジュールも押してるし、食事は簡単に済ませて作業に入らないと。パタンナーとして、リュグの看板に泥は塗れないから」

「浜崎さん……」

　そのタイミングでエレベーターが七階に到着。

　ドアが開き、ふたりで通路に出ると、褐色の肌の同級生が駆け足で自分の家の前に向かった。

「んじゃ、また試作品ができたら持ってくから」

「ああ、うん……」

　玄関の鍵を解錠し、ドアを開けた瑠衣（るい）がそのまま自宅に帰還する。

　残された恵太も自分の部屋に向かおうとして、彼女が消えたドアの前で足を止める。

「大丈夫かな、浜崎さん……」

ここのところ、仕事のほうは全て順調に進んでいる。

夏に出す新作用のデザインはほぼ出揃っているため、あとは瑠衣にパターンを描いてもらい、試作品を製作してもらうだけ。

ただ、肝心のパタンナーが頑張りすぎているような気がして――

そのことが少しだけ引っかかった。

◇

事件が起きたのは家族ともつ鍋を囲んだ翌日、恵太が被服準備室に向かうため、放課後の校舎を移動していた時だった。

「――浦島君っ！」

「ん？」

そこは一年生のクラスが並ぶ教室棟二階の廊下。

振り返った恵太が見たのは、珍しく慌てた様子で駆け寄ってくる澪の姿で、

「水野さん？　どうしたの？」

「それが、さっきB組の子たちが話してるのを聞いてしまったんですけど……今日、瑠衣

が学校を休んだらしくて……」

「休んだ？」

「風邪を引いたみたいですね」

「あら……浜崎さん、だいぶ根を詰めてたからなぁ……」

「浦島君、注意しなかったんですか？」

「しようと思ったんだけど、頑張ってる人に頑張りすぎるなとは言えなくてさ」

「気持ちはわかりますけど、ちゃんと休ませてあげないとダメですよ？」

「面目ない……」

　昨日の段階で異変は感じ取っていた。

　最初の試作品を仕上げてくるのも想定より早かったし、見えないところで無理をしていたのかもしれない。

「お見舞いにいきたいんですが、今日は本屋のバイトがあるんですよね……」

「俺がいくから大丈夫だよ。家も隣だしね」

「お願いします。なにかあったら連絡してください」

「うん、ありがとう」

　一人暮らしで風邪をこじらせると大変だ。

　無理をさせてしまった責任もあるし、行き先を生徒玄関に変更した恵太は急いで学校をあとにした。

途中で澪と別れたあと、最寄りのスーパーに立ち寄り、食材やスポーツドリンクなどを買い込んだ。

レジ袋を手にマンションに向かい、エレベーターを使って七階へ。

通路を進み、足を止めたのは瑠衣の部屋の前。

逸る気持ちを抑え、インターホンを鳴らしてみたのだが……

「……浜崎さん、出ないな……」

しばらく待っても反応はなかった。

スマホに電話をかけても、メッセージを送っても応答なし。

自室で寝ているか、あるいは病院にでもいっているのならそれでいいのだが……

「もしも倒れてたりしたらどうしよう……」

最悪の事態を想像すると生きた心地がしない。

スマホも操作できないほど衰弱しているかと思うと心配だし、せめて彼女の無事だけでも確認したい。

「……って、あれ？　鍵、開けっ放しだ……」

まさかと思いながらドアノブに手をかけると、ドアは施錠されておらず、あっさりと開いてしまった。

女の子の一人暮らしなのに不用心すぎるが、今回ばかりは助かった。

いちおう「お邪魔(じゃま)しまーす」と小声で来訪を伝えて中に侵入する。

通報されても文句が言えない行動。

それでも、住人が倒れていたらそっちのほうが問題だ。

多少の違いはあれ、同じマンションなので間取りはおおよそ見当がつく。

靴を脱いだ恵太(けいた)は廊下を進み、目星をつけた部屋のドアをそっと開けた。

「……浜崎さん？」

すると予想通り、そこは彼女の私室だった。

以前、仕事部屋は別にあると言っていたが、たしかに恵太の部屋のように仕事道具の類はなく、普通の女の子の部屋が広がっていて——

窓辺に置かれたベッドの上で、目当ての人物が小さな寝息を立てていた。

ひとまずは安心したが、やはり熱があるのだろう。

近づいて見た瑠衣の顔色は良くなくて、かなり寝苦しそうだ。

「やっぱり、無理させすぎたよね……」

引っ越しやらコンテストやらでただでさえバタバタしていたのだ。

なのに、勝負が終わった直後からパタンナーとして働いてくれていたし、体を休める暇などなかっただろう。同僚として、もっと気にかけるべきだったと反省する。

「……んん……っ」

こちらの声に反応したのか、ベッドの上で瑠衣が身じろぎをする。もぞもぞと動いたことでシーツがはだけ、初公開となるパジャマ姿がお披露目されると、眠り姫がうっすらとまぶたを開けた。

「や、おはよう浜崎さん」

「……ん？　あれ？　……浦島？」

こちらを認識したその瞬間、寝ぼけまなこが一瞬で見開かれ、弾かれたように彼女が上体を起こした。

「えっ？　ちょっ……なんで浦島がここにっ⁉」

「浜崎さんが学校を休んだって聞いたから、お見舞いにきたんだ」

「お見舞いって……玄関の鍵は？」

「かかってなかったよ。不用心だね」

「不法侵入じゃん……」

「うん。でも、浜崎さんが心配だったから」

「……そう」

「これ、買ってきたから飲んで」

「ありがと……」

ペットボトルのスポーツドリンクを紙コップに注いで渡すと、受け取った瑠衣がちびちびと口をつける。

「具合、ずいぶん悪そうだね」

「別に平気だって。少し熱はあるけど、ただの風邪だし」

「親御さんに連絡は？」

「……してない」

「なんで？」

「頼れるわけないじゃん。自分のワガママで家を出たんだから」

「こういう時は甘えてもいいと思うけど」

「やだ」

「やだって……」

子どもみたいなことを言い始めた。

なんならプイッと顔を背けたりして完全にお子様モードだ。

「じゃあ、快復するまで俺が看病するよ」

「看病とかいらないし、大丈夫だから帰ってよ」

「これ以上こじらせたら大変でしょ。スケジュール的にも早く治してくれないと困るし」

「う……」

「別に責めてるわけじゃないよ？　ただ、今は仕事のことは気にしないでしっかり休んでほしいってだけ」

「……わかった」

思いのほか素直に頷く同級生。

仕事を盾にすれば大人しくなると踏んだのだが、予想通りだった。

「浜崎さん、薬はある？」

「……ない。病院いってないから」

「じゃあ、とりあえずうちにある常備薬を出すとして……その前に何かお腹に入れないとね。簡単なものしかできないけど、お粥とおうどん、どっちがいい？」

「……おうどん」

「ん、了解。キッチン借りるよ」

料理は得意じゃないが、それくらいなら恵太にもできる。

必要な材料はスーパーで調達済みなので、買ってきた長ねぎと卵を入れて、うんと煮込んだものにしよう。

　それから三十分ほど経過し、時刻が午後五時を回った頃。

　部屋のローテーブルで食事を済ませた瑠衣が、満足げな顔で割り箸を置いた。

「ごちそうさまでした」

「うん、ぜんぶ食べられてよかったね」

　食べきれるか不安だったが、朝からろくに食べていなかったそうで、恵太が作ったうどんを瑠衣はあっさりと完食した。

　食事が済んだあとは薬を飲んでもらい、とりあえず一段落。

　幸い食欲はあったし、栄養も摂ったので、薬が効いてくれればだいぶ楽になるはずだ。

　再びベッドに横になり、手持ち無沙汰にこちらを見ていた彼女に問いかける。

「浜崎さん、他にしてほしいことはある？」

「……あるといえば、ある」

「お、なにかな？」

「ちょっと頼みづらいんだけど……」

「遠慮せずに、なんでも言ってくれていいよ」

「じゃあ……背中の汗、拭いてほしい……」

「え？」

「お風呂に入れないから、気持ち悪くて」

「ああ、そっか。そうだよね」

熱のせいでシャワーも浴びられないのだ。

汗をかいたままというのは、女の子にはかなり辛いだろう。

「わかった。準備してくるから少し待ってて」

「……ん」

瑠衣を残していったん部屋を出る。

その足で浴室に向かい、洗面器にお湯を入れて部屋に戻った。

瑠衣に寝間着の上を脱いでもらい、絞ったタオルを手にベッドの上に乗ると、こちらに背中を向けた瑠衣が冷たい声で呟く。

「前を見たら潰すから」

「どこを？——いや、やっぱり言わなくていいや」

詮索は身を滅ぼす気がして追及を取りやめる。

「いいから早くして」

「はいはい」

今の瑠衣は上半身裸なのだ。

体を冷やしては元も子もないので、さっそくタオルで背中を拭いてやると、彼女が心地よさそうに「はぁ……」とため息をもらした。

「……気持ちいい」

「それはよかった」

素直な反応に少し笑って、その後も優しく背中を拭いていく。

「浜崎(はまさき)さんの肌って、日焼けじゃないよね？」

「あー、うん。生まれつき。パパもそうだけど、うちの家系はみんなこんな感じなんだって。もちろんママは違うけど」

「へー」

「……っていうかさ？　浦島(うらしま)、なんか手慣れてるよね。この状況って、普通の男子なら照れたりするもんじゃない？」

「仕事柄、女の子の裸は見慣れてるから」

今まで幾度となくいとこの姉妹や幼馴染(おさななじみ)に下着の試着をお願いしたし、最近だと同級生や後輩女子の下着姿も拝見する機会があった。

異性の裸くらいでいちいち慌てていたら、ランジェリーデザイナーは務まらないのだ。

「まあ、まったくドキドキしないと言ったら嘘(うそ)になるけどね」

「……ふーん？」

前を向いたまま瑠衣が呟く。

表情は窺えないが、彼女のまとう雰囲気が柔らかくなった気がした。

「あたし、浦島はヤリチンなのかと思ってた」

「いきなりなんてことを言い出すの」

「だってアンタ、いつも女子と一緒にいるじゃん？　しかも可愛い子ばかりだし、三人ともリュグのモデルだっていうから、てっきり全員と酒池肉林してるのかなって」

「俺、そんなふうに思われてたの？」

「ぶっちゃけ、ずっと警戒してた」

「ヤリチンだと思ってたのなら、そりゃ警戒するでしょうとも」

たしかに恵太の周りには可愛い子が多い。

澪は高嶺の花と評判の美少女だし。

絢花は読者モデルを務めるほど容姿に優れているし。

雪菜に至っては現役の芸能人だ。

学校で多数の女子を侍らせている男子とか、第三者から見れば軽い奴と思われても仕方ないのかもしれない。

「転校する前は女子高だったたし、その手の男には気をつけるように言われてたから」

「さすがお嬢様学校……」

「でも、今日の浦島を見てたら安心した。弱った獲物が目の前にいるのに、襲うどころかせっせと世話し始めるオオカミなんていないもんね」

「誤解がとけたみたいでよかったよ。――前は自分で拭けるよね」

「うん、大丈夫」

背中を拭くミッションはこれにて完了。

タオルを渡して恵太がベッドから下りると、瑠衣が体の前を拭き始めたのでさすがに背中を向けた。

「……あのさ、浦島？」

「ん？」

「迷惑かけて、ごめん」

「迷惑？」

「頼まれた試作品もまだできてないのに、体を壊して看病してもらうとか、自己管理もできないパタンナーなんて完全にお荷物じゃん」

「浜崎さん……」

お互い背中を向け合っているから、彼女がどんな顔をしているかはわからない。

だけど、沈んでいることは読み取れた。

「迷惑だなんて思ってないよ。浜崎さんはもう大事な仲間なんだから」

「仲間……」

「それに、無理してるって気づいてたのに止めなかった俺にも責任はあるからね。水野さんも心配してたし、スケジュールも大丈夫だから、今日はゆっくり休もう」

「……うん。……ありがと」

そのあと、ほどなくして瑠衣が体を拭き終わった。

彼女が新しいパジャマに着替えている間に洗面器を風呂場に戻し、先ほど使った食器を洗ってから部屋に戻ると、彼女は再びベッドに横になっていて。

ベッドの傍に腰を下ろした恵太に、不思議そうな顔を向けた。

「浦島、まだ帰らないの？」

「ひとりじゃ寂しいかと思って」

「別に寂しくなんかないけど……」

「それでも、浜崎さんが寝るまではいるよ」

「風邪、うつっちゃわない？」

「大丈夫。こう見えて意外と頑丈なんだ」

「眼鏡なのに？」

「眼鏡は関係ないでしょ」

恵太の返しがツボにはまったらしく、瑠衣がクスクスと笑う。

「……あたしね、マチックで結果を出せなくて焦ってたんだ」

「え？」

「デザイナーっていっても実力が伴ってなくてさ、何度も社内のデザインコンペに挑戦したんだけど、ＯＫが出たのは三つだけ……。それなのに、噂じゃリュグのデザイナーはひとりで全部のランジェリーを担当してるっていうじゃん？　それで勝手に悔しくなって、対抗心を燃やして、そんな時に雪菜の宣伝トゥイートを見かけて……気づいたら今の学校に転校してたよね」

「それであの行動力だったのか」

思い描いた理想を実現できず、焦る気持ちはよくわかる。

実力が理想に追いつかない悔しさは恵太も知っている。

だから彼女は、リュグに移籍したあともがむしゃらに仕事に打ち込んでいたのだろう。

「コンテストの勝負だって本当に勝つつもりだった。実力で浦島に勝って、それでマチックに入ってもらうつもりだったのに……」

勝負の結果は恵太の勝利で終わった。

彼女も全力で臨んだだろうし、さぞ悔しかったはずだ。

「でも、アンタのデザインを見た時すぐにわかった。パパの言う通り、あたしは実力不足だったって。だから、今はこれでよかったと思ってる。リュグで勉強して、浦島を追い抜いて、いつかマチックでメインのデザイナーになるって決めたから」

「……そっか」

マチックのデザイナーになること。

恵太に『下着で女の子を笑顔にしたい』という夢があるように、彼女にも絶対に叶えたい夢があるのだ。

「けど、そうなると俺としては少し複雑だね」

「？　なんで？」

「浜崎さんは将来有望だし、このままうちに永久就職してほしかったから」

「……へ？」

その瞬間、瑠衣の口が呆けた声を奏でた。

元々、熱で火照っていた彼女の頬が、なんらかの要因で更に赤くなる。

「い、いきなりなに言ってんの!?」

「ん？　俺、なにか変なこと言った？」

「だって、永久就職とか……あ、アレみたいじゃん……？」

「アレ……？　よくわからないけど、浜崎さんは腕のいいパタンナーだから、ずっとリュグにいてほしいって意味だよ？」

「ああ、そういう……びっくりしたぁ……」

「大丈夫？　水分、摂る？」

「いらない……っ」

不機嫌そうに言って瑠衣が背中を向けてしまう。

いまいち状況が掴めないが、自分の発言のどれかが彼女の怒りのスイッチを押してしまったらしい。

「憧れのデザイナーが、こんなデリカシーのない奴だとは思わなかった」

「よくわからないけど、夢を壊してしまったみたいで申し訳ない」

「……でも、想像してたよりイイ奴でよかった」

「え？」

「お見舞い、きてくれてありがと」

ぽつりとそう呟いて以降、彼女からの発信はなく。

ほどなくして、規則正しい吐息が聞こえてきた。

「寝ちゃったか」

薬が効いたのだろう。

顔色もだいぶ良くなったし、これならすぐに快復するはずだ。

「さて」

仕事で無理をさせてしまったお詫びに、せめて家事だけでも手伝ってからお暇しようと部屋を出る。

「洗濯物もだいぶ溜まってたし、ついでにパンツも洗っておいてあげよう」

洋服は洗濯機でＯＫだが、ランジェリーは基本的には手洗いがいいとされている。

意気揚々と脱衣室に移動した恵太は善意１００％で洗濯機を回し、心をこめて彼女の下着を手洗いしたのち、洋服と一緒に浴室乾燥機にかけておいた。

洋服と分けて洗ったことを伝えるため『下着は優しく手洗いしておきました♡』と記したメモも添えておいたのだが――

翌朝、浴室で下着を発見した浜崎さんが顔を真っ赤にして怒ったのは言うまでもない。

◇

その後、復帰した瑠衣の頑張りもあり、なんとか期限である六月中に予定していた全ての下着の試作品が出揃った。

夏にリュグから発表される新作は四種類。

その最終チェックのため、モデルの皆さんに試着をお願いすることになったのだが――

「なんて素晴らしい光景なんだ……」

制服姿の恵太が目の当たりにしたのは、この世のものとは思えないほどの絶景だった。

　平日の放課後、会場に選んだ恵太の自室兼仕事部屋で、横一列に並んだ四人の女の子が、眩しい下着姿をお披露目していたのである。

「浦島君に見られるの、やっぱり恥ずかしいです……」

「心配しなくても、今日の澪さんも素敵よ♪」

「北条先輩、また澪先輩をいやらしい目で見てる……」

「ってか、なんであたしまで……」

　未だ初々しい反応を見せる澪がしているのは、清楚な水色のランジェリー。

　絢花の下着は可愛いピンクで、雪菜が大人っぽい紫色の下着。

　瑠衣は華やかなイエローの下着を身にまとっていた。

　色とりどりの、煌びやかな下着をつけた女の子たちが一堂に会した光景は壮観というほかないが、いつまでも感動している場合じゃない。

　今日の目的は選評会ではなく、あくまで試作品のチェックなのである。

　気を引き締めた恵太が最初に狙いを定めたのは、数合わせのために無理やり試着させられ不満タラタラなご様子の浜崎瑠衣で——

「ふむ……」

　彼女の目の前に移動した恵太が、その下着姿をじっくりねっとり観察する。

「な、なに……？」

「いや、浜崎さん、いいお尻してるなと思って」

「……は？」

「ハリもあるし、大きさも申し分ないし、なによりヒップの形がいいよね。胸は控えめだけどかなりの美乳だし。──うん、思った通りイイ体をしてるよ♪」

「へ、変態……」

初めからうっすら赤かった顔を更に赤くする浜崎さん。

恥ずかしそうにお尻を両手で押さえる仕草がまた可愛い。

「下着のほうも、問題ないみたいだね」

ブラも含めた瑠衣の完全な下着姿を見たのは初めてだが、華やかなデザインのランジェリーが、彼女の褐色の肌にとてもよく似合っていた。

「ねぇ、恵太先輩？　私はどうですか？」

「もちろん雪菜ちゃんも最高だよ。これ以上ないくらい似合ってる」

「ふふん♪　私のこんな姿を見られる男の子は、恵太先輩だけなんですからね？」

雪菜のＧカップは本日も絶好調だった。

瑞々（みずみず）しくてハリもあり、重力に負けることのない奇跡のバストはたわわな魅力で溢（あふ）れているし、寄せずとも自然と生まれる谷間の素晴らしさは今さら語るまでもない。

大人っぽい下着をさらっと着こなす後輩女子の潜在能力（ポテンシャル）に乾杯だ。

「下着姿の絢花ちゃんは控えめに言って天使だね」

「可愛い？」

「超可愛いよ」

「ふふ、悪い気はしないわね」

愛らしいBカップの絢花がふわりと微笑む。

慎ましやかな膨らみを包むブラも、ショーツと併せて想像以上に可憐な仕上がりとなっており、デザイナーとしては感無量だ。

最後に、端っこで恥ずかしそうにしていた澪に声をかける。

「水野さんも、すごく素敵だよ」

「ど、どうも……」

バランスの取れた肢体は本職のモデル顔負けのプロポーション。

細身なのに意外と豊かなDカップが本当に魅力的で、彼女のスタイルとランジェリーの相乗効果により、可憐さと大人っぽさを融和させた水色の下着がデザイン以上に可愛く見えた。

「あの……浦島君の新作も、とても素敵だと思います」

「ありがとう」

実際に試着した女の子にそう言ってもらえるのは嬉しい。

照れた様子の澪にそう返して、視線をもうひとりの同級生に移す。

「浜崎さんも、ありがとう」

「え？」

「浜崎さんのおかげで、夏の新作もいいものができたから」

「そ、そう？」

「うん、やっぱり浜崎さんはすごいね」

「……べ、別にこれくらいなんでもないし」

素っ気ない口調で言って瑠衣がそっぽを向く。

「あ、浜崎先輩が照れてます」

「あら、本当ね」

「て、照れてないから！」

雪菜と絢花にからかわれ、必死に否定する瑠衣。

三人の微笑ましい様子を見守っていると、隣に立った澪が話しかけてくる。

「新作、間に合ってよかったですね」

「そうだね」

「でも、冷静に考えたら全員いっせいに試着する必要はなかったのでは？」

「みんな一緒のほうがハーレム気分を味わえてお得だからね」

「ふーん？　浦島君は相変わらず変態ですね」

「いや、さすがに冗談だよ？　個別にチェックしてる時間がなかっただけだからね？」

とはいえ、予想以上に華やかな光景に興奮してしまったのは事実。

女子四人の下着を一斉にチェックできる機会など、普通に生きていたら訪れないだろうし、後学のためにも心ゆくまで彼女たちの下着姿を堪能するべきだろう。

肝心の試作品のチェックは全て問題なし。

夏の本番を前に、大きな仕事がようやく片付いたのだった。

◆

試着会が終わったあと、澪たち女子四人は恵太の部屋で身支度を整えていた。

「まったく、浦島君は本当に変態なんですから……」

制服のブラウスを羽織り、ボタンを留めながら澪がため息をつく。

「でも澪さん、最初の頃に比べたら下着を見せるのも慣れてきたわよね」

「慣れたくありませんでしたけどね」

無論、まだ抵抗はある。

ただ、こう何度も見せていると感覚が麻痺してくるというか……

絢花の言う通り、徐々に慣れてきている自分がなんだか嫌だ。

と、豊かな胸元のボタンを留めた雪菜が会話に入ってくる。

「北条先輩は恵太先輩の幼馴染なんですよね？　恵太先輩って、昔からあんな感じだったんですか？」

「そうね、恵太君は子どもの頃からあんな感じよ。口を開けば女の子のパンツの話ばかりしていたわ」

「その頃から片鱗はあったわけか……」

絢花の暴露に微妙な顔をする瑠衣。

恵太の変態エピソードに関しては、澪にも覚えがある。

「思い返すと、浦島君には初対面で俺のパンツを穿いてくれって迫られましたね」

「私は下着姿で女豹のポーズを取るよう強要されましたよ」

澪と雪菜が遠い目をして酷すぎる記憶を思い返し、

「私はつい最近、取材デートでパンツを見せてほしいって言われたわ」

絢花が世間話をするようなフラットな口調で振り返って、

「あたしなんか、風邪で寝込んでる間にパンツを手洗いされたから」

「「「え……？」」」

瑠衣の密告によってその場の空気が凍り付いた。

「起きたら浴室にブラとパンツが干してあって、『優しく手洗いしておきました♡』って書き置きを見た時のあたしの心情をご想像ください」

「浦島君……」

「さすがにそれは擁護できないわね……」

「浜崎先輩、可哀想……」

浦島恵太の変態行為がとどまるところを知らない。

次から次へと出てくるエピソードのなかでも、瑠衣の体験談は群を抜いていた。

使用済みの下着を男子に手洗いされるなんて、他人事とはいえ、いたたまれない気持ちになる。

「でも、なんだかんだで協力しちゃうのよね」

「あー、わかります。恵太先輩って、なんか憎めないんですよね」

「あれで、けっこう優しいところもありますしね」

「あたしは別に……今日のモデルだって、仕事だから仕方なくやっただけだし……」

そんなことを話しながら着替えを終えた澪たち。

制服を身にまとい、それぞれ鞄を手にした四人は部屋を出ると、リビングで待っていた恵太に挨拶をして浦島家をあとにした。

「じゃ、あたしのうちここだから」

「浜崎先輩、本当に隣に住んでるんですね」

玄関を出た直後、家が隣の瑠衣が即時離脱。

残された澪と絢花、雪菜の三人で通路を抜け、呼び出したエレベーターに乗る。

一階に下りると、揃ってマンションのエントランスを出た。

「今さらだけど、恵太先輩はどうしてランジェリーデザイナーになったんですかね」

「前に、女の子のパンツが好きだからって言ってましたよ」

「あー、先輩らしいですね。……けど、考えてみたら浜崎先輩のブランドに移っても下着は作れますよね？　なんであんなにリュグにこだわってるんだろ」

「そう言われるとそうですね」

下着を作るだけならリュグである必要はない。

だとしたら、何かあのブランドにこだわる理由があるのかもしれない。

（たしか、浦島君が継がなかったらリュグがなくなりそうだったんですよね……）

そのあたりの事情については詳しく聞いていない。

リュグの創業者である彼の父親が外国で仕事をすることになり、会社を畳むという話が出ていたらしいが……

「絢花先輩はなにか知ってますか？」

「そうね、直接本人から聞いたわけではないけど――まあ、恵太君にもいろいろあるから」

「いろいろ？」

澪が聞き返すと、絢花が寂しげな笑みを浮かべてはぐらかす。

「……」

「それより私、澪さんと雪菜さんが、どんな女の子がタイプなのか気になるわ」

「いきなり話が飛びすぎでは……？」

「そうですよ。好きな女の子のタイプとかないですから」

彼女は何か事情を知っているようだが、結局、恵太の秘密が語られることはなく、会話の内容は他愛のないお喋りに移行した。

気にはなるものの、深く尋ねるのを躊躇したのは、なんとなく、ふれたらいけないような気がしたからだ。

深追いはしないことに決めて、とりとめのない女子トークに話を合わせる。

そうして、しばらく帰路を進んだところで――

「……あれ？」

不意に思い立ち、鞄の中を確認した澪が足を止めた。

「澪先輩？　どうかしました？」

「浦島君の部屋に、スマホを忘れてきてしまったみたいです」

「えっ、それは大変ですね」

おそらく制服を脱いだ時だろう。

鞄から取り出したのは憶えているが、仕舞った記憶がなかった。

「さすがにないと困るので取りに戻ります。ふたりは先に帰ってください」

「それじゃあ、ここでお別れね」

「澪先輩、また明日」

絢花と雪菜に別れを告げ、澪は踵を返す。

「――お姉さんとふたりきりで帰りましょうね？」

「――身の危険を感じるので離れて歩いてください」

後ろからそんなやり取りが聞こえてきたが、それよりも忘れた携帯端末だ。

それほどスマホをいじるタイプではないが、たまにバイト先から連絡もあるし、持っていないとなんだか落ち着かない。

澪は今きた道を戻り、再び彼のマンションに向かったのである。

浦島家のインターホンを鳴らすと、出てきたのは恵太ではなく、長い赤毛をポニーテールにした乙葉だった。

「あれ、水野さん？　どうした？」

「浦島君の部屋にスマホを忘れてしまいまして」

「ああ、それなら勝手に入って持っていっていいぞ」

「ありがとうございます」

「おー」

気のない返答をして、乙葉がリビングに戻っていく。

靴を脱いだ澪はそのまま彼の部屋の前へ。

コンコンと控えめにノックをするも、しばらく待っても返事はなかったため、おそるおそるドアを開けた。

「……浦島君？」

部屋に入った瞬間、返事がなかった理由を理解した。

「寝てる……」

恵太がいたのは、大型テレビの前に置かれた二人掛けのソファーの上で。

ちょうど夕陽の陰になったその場所に腰掛け、背もたれに背中を預けて夢の世界に旅立っていたのだ。

「よっぽど疲れてたんですね」

眠るつもりはなかったのか、彼は眼鏡をかけたままだった。

コンテストの結果が出たあとも、新作のクオリティアップのためにデザインの調整をしていたというし、顔には出さなくても疲労が蓄積していたのだろう。

「眼鏡のフレーム、歪んじゃわないですかね」

自分は使ったことがないが、眼鏡はたいへん高価だと聞く。

寝ている間にぶつけたりして歪んでしまうのは忍びない。

生来の貧乏性を発揮して、熟睡中の恵太に近づいた澪は両手で彼の眼鏡を外してみた。

「……あれ？　浦島君って、眼鏡を取ったら意外と……」

未だ夢の中にいる彼の、整った顔立ちに少し驚く。

クラスでは目立たない男子だし、変態行為の数々が目立って意識したことがなかったが、こうして見るとけっこう美形なのではないだろうか？

まあ、だからどうしたという話だけれど。

手にした眼鏡を、テレビとソファーの間に置かれたローテーブルに置く。

その直後、この部屋を訪れた目的の品が目に入った。

「あ、こんなところに……」

澪のスマホは、恵太のいるソファーの座面と背もたれの隙間にあった。

ここで着替えた際、無意識に置いてしまったのかもしれない。

あまり寝顔を見るのも悪いし、さっさと回収してお暇しようと考え、スマホに手を伸ばした時だった。

澪の手がそれにふれる前に、横から伸びてきた彼の手が、こちらの腕を掴んだのだ。

「……え？」

その展開に驚く暇もなく、そのまま強引に抱き寄せられてしまった。

絶対に離さないというような力強いハグ。

細い体が完全に彼の腕の中に収まって、全身に感じる異性の体温に心臓が信じられないくらい早鐘を打つ。

「う、浦島君……っ!?　なにを――っ!?」

なぜ自分が同級生の男子に抱擁されているのか――

不測の事態に気が動転して、まともな思考ができない。

（まさか浦島君、オオカミさんになってしまったんですか!?）

他に誰もいないことをいいことにこんな大胆な行為に及ぶなんて、以前、真凛が言っていた『男はみんなオオカミ説』はやはり正しかったのかもしれない。

そんなことを考えていると、抱きしめる彼の力が一段と強くなった。

「ひうっ!?　こ、これ以上はさすがのわたしも怒りますよ!?」

澪の仕事はあくまで下着作りのモデル。

下着は見せても、体まで自由にさせる気は毛頭ない。

必死に身をよじって、彼の体を押し返そうとした時――澪はその異変に気がついた。

「……え？」

彼は泣いていたのだ。

未だ眠りの中にいる男の子の、閉じた目から溢れた熱い涙が、澪のブラウスに染み込んでいく。

「……母さん……」

「母さん……？」

どうやら彼は夢を見ているらしい。

その夢には彼の母親が登場しているようだが、苦しそうな寝顔を見る限り、楽しい夢ではなさそうで……

「もう……仕方ないですね……」

抵抗を諦め、ハグを受け入れた澪がそっと彼の背に手を回す。

そうして優しく相手を抱き返したあと、ぐずる子どもをなだめるように、眠る恵太の背中を撫で続けたのだった。

◇

「──ん？」

恵太が目を覚ますと、そこは自室のソファーの上だった。

ソファーに横になったまま視線を巡らせたところ、部屋の中には微かに夕陽の光が残っていて、眠りについてからそれほど時間が経っていないのがわかる。

それより気になるのは、何やら後頭部に柔らかくて温かい、あまり馴染みのない感触があることで――

「あ、起きました？」

「えっ？　誰っ!?」

思わず体を起こしてソファーの端まで退避する。

目を凝らすと、ソファーの上に誰かが座っているのがわかったが、いかんせん視力が弱いため個人を特定できない。

「あ、裸眼だと見えないんですね。眼鏡をどうぞ」

「ああ、これはどうも」

謎の人物に渡された眼鏡を装着する。

すると、そこにいたのは先ほど帰ったはずの水野澪だった。

「なんで水野さんが？　……っていうか俺、もしかして膝枕してもらってた？」

起きたことをありのままに話すと、目が覚めたら帰ったはずの澪がいて、ソファーに腰掛けた彼女の膝を枕に自分は爆睡していたらしい。

「スマホを忘れて戻ってきたんです。そしたら浦島君が眠っていたので」

「それで膝枕を？　……なんで？」

「せっかくしてあげたのに、なにかご不満でも？」

「不満というか、予期せぬ好待遇に戸惑いを隠せないというか……水野さんの意図がわからないから素直に喜びを噛みしめられないんだけど……」

「別に深い意味はないです。正直、わたしもなんでそんなことをしたのかわかりませんし……ただ、なんだか浦島君のことを放っておけなくて……」

澪の表情が微かに曇る。

彼女の性格から考えて、意味もなく異性に膝枕などしないはずだ。

それに、眠りの中にいる間、酷く悲しい夢を見ていた気がするし……

「……もしかして俺、寝言でなにか言ってた？」

「泣きながら、母さんって言ってました」

「マジで？　うわ……めちゃくちゃ恥ずかしい……」

「あの、浦島君のお母さんって……」

「まあ、そりゃ気になるよね」

「話したくないなら、無理には聞きませんが」

「いや、いいんだ。いつかは耳に入ると思ってたし」

隠していたわけじゃない。

幼馴染(おさななじみ)の絢花(あやか)は知ってるし、これからも澪との協力関係を続けていくなら、いつかは話すことになると思っていた。

「俺の母さんは三年前、俺が中学二年の時に亡くなったんだ。急病で病院に運ばれて、しばらく入院して頑張ったんだけど、それっきり帰ってこなかった」

「そう……だったんですか……」

「父さんが外国にいったのもそれが原因でさ。あの人は母さんを溺愛してたから」

本当に急だったから、きっと心の整理がつかなかったのだと思う。

元々、父は寡黙なタイプだったし、恵太(けいた)のように泣いたりはしなかったが、母がいなくなってからは家でもほとんど口を開かなくなった。

「それから一年も経(た)たないうちに、父さんが母さんを思い出すからリュグを畳むって言い出してさ」

「それで浦島君が？」

「うん。父さんの気持ちもわかるけど、俺は母さんが好きだったブランドを、どうしても失(な)くしたくなかったんだ」

それが、恵太がリュグにこだわる理由だ。

亡き母が好きだった場所を、父親に代わってずっと守り続けているのだ。

「子どもの頃に母さんと約束したんだよ。いつか父さんみたいなランジェリーデザイナーになって、母さんに可愛い下着を作ってあげるって。父さんが新作を出すたびに、子どもみたいにはしゃぐ母さんの笑顔が大好きだったから」

ランジェリーデザイナーになると決めた日。

当時の自宅のリビングで、下着姿の母とそんな約束を交わしたのだ。

「結局、その約束は守れなかったけど……でも、かわりにたくさんの女の子を笑顔にできたら、きっと母さんも喜んでくれると思うんだ」

「だから池澤さんが失踪した時、あんなに頑張ってたんですね」

前任のパタンナーがいなくなり、リュグが潰れるかもしれないとなった時、恵太は新しいパタンナーを見つけるために躍起になった。

今だって、皆が帰った途端に寝落ちしてしまうほど仕事に打ち込んだ。

それらは全部、母親が愛したブランドを守るためだったのだ。

「わたし、浦島君は女の子のパンツのことしか考えてない変態さんだと思ってました」

「まあ、あながち間違ってないけどね」

そこは否定できない。

自分がそこそこの変態である自覚は恵太にもあった。

「ちなみに、俺の父さんと乙葉ちゃんたちの父親が兄弟なんだよ。叔父さん夫婦は単身赴任で別の場所に住んでるけど、大学生になったばかりの乙葉ちゃんが協力してくれることになって、今のマンションに引っ越したってわけ」

「へー」

父親は仕事で海外、現在はいとこの姉妹とマンションで三人暮らしなんて、改めてみるとなんともドラマチックな家族構成だと思う。

「そういえば、浜崎さんのお父さんが俺の父さんと知り合いだったみたいでさ」

「え？　そうなんですか？」

「浜崎さんは知らなかったみたいだけどね。浜崎さんのお父さんと話した時、久々に母さんの話を聞いたから、それで夢に見ちゃったのかも」

夢の内容はいつも同じだ。

場所は病院の真っ白な個室で、学生服姿の自分が母の見舞いに訪れるのだ。

ベッドの上で、上体を起こした彼女は笑顔で話を聞いてくれるのだけど、それが夢だとわかっているから、たまらなく悲しい気持ちになる。

それでも、寝ながら泣くなんて最近はなかったのに……

「でもさすがに三年も経ってるし、もう平気だから」

言葉と共に笑ってみせる。

自分は大丈夫だと言うように。

だけど彼女は、そんな作り物の笑顔を見透かしたように呟く。

「平気なわけ、ないじゃないですか……」

「水野さん……?」

「前に話した通り、わたしにも母がいません。浦島君と違って亡くなったわけではありませんが、小さい頃に家を出ていったから……。もう顔もおぼろげですけど、優しかったことは憶えています。事情があるから仕方ないと思ってましたが、そう思い込みたかっただけで、本当は別れるのは嫌でした。大好きな人と離れ離れになって、二度と会えないのは悲しいことだと思います」

「………」

「だから、寂しい時は泣いたっていいんです。わたしの膝でよければ、いつでも貸しますから」

向けられた彼女の目には、微かに涙が浮かんでいた。

好きな人と離れ離れになって、もう二度と会えないとしたら……

それはとても寂しいし、悲しいことだ。

そもそも、本当に平気だったら眠りながら泣いたりしていない。

心配をかけまいと恵太が隠そうとした弱音を、彼女は隠さなくていいと言ってくれたのだ。

その優しさに胸の奥がジンと熱くなる。

「ありがとう、水野さん。なんか、少しだけ心が軽くなった気がするよ」

「別に、大したことは言ってませんけど……」

照れたように口にして、澪がさっと視線を逸らす。

「じゃあ、わたしはそろそろ帰りますね」

そう言ってソファーから腰を上げた澪だったが、

「――って、あれ？」

膝枕をしていたからだろうか、ふらりとバランスを崩した彼女が、隣に座っていた恵太に覆いかぶさるように倒れ込んで――

「きゃっ⁉」

「うわっ⁉」

どすんという鈍い音と共に恵太の背中が座面につき、気づくと、同い年の女の子にソファーに押し倒される形になっていた。

「す、すみません……足が痺れてしまって……」

「いや……」

突然の展開に言葉の続きが出てこない。

お互いの密着感が半端ないし、Dカップのバストの感触に頬が急激に熱くなっていく。

未だ足の痺れが取れないらしく、身動きの取れない膠着状態がしばらく続き——

そんなふたりの視界の端で、なんの前触れもなくガチャリと部屋のドアが開かれた。

「……お前ら、いったい何をしてるんだ？」

「乙葉ちゃん⁉」

来訪者は事実上の家主である浦島乙葉その人だった。

もちろんこの状況は純然たる事故だし、澪が体勢を崩してしまっただけで、誓ってやましいことはしていない。

ただ、今の状況が第三者の目にどう映るかといわれたら、それはもう言い逃れできないレベルで〝そういう行為〟の真っ最中にしか見えないわけで——

「あー……まあ、その、なんだ……」

気まずい現場を目撃してしまった被害者が、頬をポリポリかきながら目を逸らす。

「若いのはいいが、姫咲もいるからほどほどにな」

「誤解！」

このあと、恵太と澪のふたりは乙葉と話し合いの席を設け、そもそも交際すらしていないことを懇切丁寧に説明したのである。

佐藤イズミの憂鬱

Lingerie girl wo okini mesu mama

七月上旬、週が明けた月曜日の放課後。

体育館の二階部分(ギャラリー)に恵太と澪、真凛(まりん)と秋彦(あきひこ)の四人が集まっていた。

今日は女子バレー部が他校との練習試合を行うということで、真凛と澪に誘われて応援に駆けつけたのだ。

体育館は熱気に包まれており、一階部分にバレー部の関係者がいて、恵太たちを含む観客は二階に集まっている感じだ。

「泉(いずみ)はうちのバレー部のエースなんですよ」

「へー」

隣に立った澪がそんな新情報を教えてくれて、

「あ、いずみんだよ！」

「ほんとだ」

真凛が指さした先を見ると、バレーコートの中にユニフォーム姿の泉がいて、強力なスパイクを決めたところだった。

「おー、さすが本職だな」

秋彦の言う通り、彼女の動きはさすがバレー部といったところで。

足の踏み切りに跳躍、スパイクを打つ時の腕の振りなど、そのどれもが洗練されており、思わずじっと見入ってしまった。

「佐藤さん、普段とぜんぜん雰囲気が違うね」

「格好いいですよね」

「うん。それに――」

プレイの合間に、泉が短パンの食い込みを直す仕草を食い入るように見る。

「女の子が食い込みを直す仕草って、なんていうかこう、最高だよね」

「浦島君はどんな時でも浦島君ですね」

「俺、常にありのままの自分でいたいと思ってるから」

「格好いい感じに言っても最低ですよ」

澪が冷たい視線を向けてくるが、いつものことなので慣れてしまった。

むしろご褒美だよね――などと邪なことを考えながらコートに視線を戻すと、再び貴重な点が入り、他の選手たちが自分のポジションに戻る時間の合間に、泉がこちらを見ていることに気がついた。

「……あれ？」

恵太と目が合った瞬間、彼女が弾かれたように目を逸らす。

「なんだろう、今の佐藤さんの反応」

「えっちな目で見てたのがバレたんじゃないですか？　女子は男子のそういう視線に敏感ですから」

「マジか。以後、気をつけます」

紳士として女の子に嫌われるような事態は極力避けたい。

今後は相手に気取られないよう、細心の注意を払って観察しようと思いました。

佐藤泉が被服準備室を訪れたのは、その翌日の放課後だった。

他の四人はそれぞれ予定があるそうで、恵太がひとり準備室で作業をしていると控えめなノックがあり、制服姿の泉がおずおずと顔を出したのだ。

「し、失礼します……」

「あれ、佐藤さん？　どうしたの？」

恵太が尋ねると、部屋のドアを閉めた彼女が用件を口にする。

「浦島くんに相談があってきたんだけど……今、いいかな？」

「もちろんいいよ」

ここを訪れたということは下着にまつわるお悩みだろう。

悩める子羊に正面の席をすすめ、彼女が着席するのを待って本題に入る。

「それで、相談って？」

「あ、うん……あのね？　実は今度、バレー部の大会があるんだけど、大事な試合だから万全の状態で臨みたくて」

「ふむふむ」

「そのために、改善したいことがあるの」

「改善したいこと？」

「浦島くん、昨日の練習試合、見てたよね？」

「うん、佐藤さん格好よかったよ」

「あ、ありがと……」

「でも、特別調子が悪い感じはしなかったけど」

「プレイに関しては問題ないんだけど……ただ、外的要因といいますか……試合中にお尻にパンツが食い込んじゃうことが多くって……」

「ほう？　パンツがお尻に食い込んじゃうとな？」

なんと甘美な響きだろうか。

パンツはお尻を包むものだから、当然ヒップの割れ目に食い込んでしまうこともあるわけだが、実はその現象には名前があったりする。

「それはいわゆる『ＰＫ』だね」

「ＰＫ？」

「パンツがお尻に食い込む現象をそういうんだよ。『パンツ』と『食い込む』の頭文字を取ってＰＫ」

「そのまんまだね」

微妙なネーミングに苦笑いの佐藤さんである。

正直に「微妙な名前だね」と言わないところに彼女の優しさが表れている。

「それで、佐藤さんはＰＫに悩んでいると」

「うん……試合中にけっこうな頻度で直さないといけなくて……」

「そういえば、昨日の練習試合でも何度か直してたね」

「何度も直すのは面倒だし、それに、そういうところを人に見られるのはけっこう恥ずかしくて……」

「スポーツ少女ならではの悩みだね」

というか、思ったより切実な相談だった。

（個人的には、食い込みを直す仕草は大好物だけど……水着しかり。）

体操服しかり。

女の子が食い込みを直す仕草はたいへん魅力的だ。

ただ、それはあくまで男子目線の意見。

当事者の女子からすれば、ＰＫは煩わしいことこの上ないだろう。

「やっぱり、私のお尻が大きいのが原因なのかな……」

「お尻の大きさは関係ないと思うよ。ＰＫは下着のサイズが合っていても起こりえる現象だからね。バレーボールは動きの激しいスポーツだから、なおのこと食い込みやすいんだと思う」

「なんとかならないかな？」

「うーん、そうだね……」

ＰＫの多発は選手のパフォーマンスにも影響する。

プレイのたびにお尻にパンツが食い込んでいては集中しづらかろう。

普段から真面目に練習に取り組んでいるみたいだし、泉には万全の状態で試合に臨んでほしかった。

「少し時間をもらっていいかな。ＰＫを撲滅する方法を考えてみるよ」

「ほんと？」

「ランジェリーデザイナーとして、下着に関する悩みは放置できないからね」

「浦島くん……」

泉が感動したように目を輝かせる。

「ただ、対策を練るにあたって、佐藤さんに協力してほしいことがあるんだけど」

「もちろんいいよ。なんでも言って？」

「それじゃあまずは、実際に試合で使うユニフォームを着てもらおうかな」

「……え？」

恵太が要求を口にした瞬間、長身の少女から笑顔が消えたのだった。


十分後、部屋の外で待っていた恵太が「も、もういいよ……？」と言われて中に入ると、そこにいたのはバレー部のユニフォームに着替えた泉だった。

「おお……」

「ど、どこか変かな……？」

「正直、最高以外の言葉が見つからない」

改めて見てもこのユニフォームは素晴らしい。

体のフォルムを強調するデザインには脱帽だし、肌の露出度も申し分なし。

女体フェチの恵太にとって、彼女の腕や美脚を間近で堪能できるのはご褒美でしかなかった。

「それにしても、本当に素晴らしい脚線美だね」

「うぅ……すごく恥ずかしい……」

恥ずかしがる佐藤さんもとても良い。

初々しい同級生の反応を余すところなく堪能して、ようやく本題に入ることに。

「でも浦島くん、この格好（かっこう）をする必要はあるの？」

「もちろんある。対策を練るには検証が必要だからね。実際に使用するユニフォームを着てもらってチェックしないと」

「な、なるほど……」

「だから、けっして俺がユニフォーム姿を見たかったとか、そういう理由じゃないので誤解しないように」

「それは大丈夫。浦島くんのこと、信じてるから」

「佐藤さん……」

正直、変態扱いされても仕方のない所業だと思っていたのに、向けられたのは花のような明るい笑顔で。

普段、冷たい視線ばかり浴びてる身としては新鮮な気分だ。

「じゃあ、さっそくチェックさせてもらおうかな」

「お、お願いします」

彼女の背後に回り込み、ＰＫ多発地帯だというお尻をじっくりと観察する。

（うーむ……相変わらず素晴らしいヒップラインだね……）

腰のくびれからのＳ字は舌を巻くレベル。

思わず感想が頭に浮かぶが重要なのはそこじゃない。

ランジェリーデザイナーとしての恵太の目が、ひとつの異変を感じ取った。

「佐藤さん、もしかして今、ボックスタイプのパンツを穿いてる？」

「よくわかったね。普通のパンツだと下着のラインが出ちゃうから、ユニフォームを着る時は専用のインナーを使ってるんだ」

「既に専用の下着を使用してたのか」

ボックスタイプのインナー。

要は、ユニフォームの短パンとほぼ同じ形の下着だ。

形が同じなので、下着のラインが浮き出るのを防いでくれる優れものである。

「スポーツ用のインナーは伸縮性もあるし、ベターな選択だね」

「ただ、下着が透けるのはそれで解決したんだけど、かわりに食い込む回数が増えちゃった感じで……」

「ふむ……まるでいたちごっこだね……」

スポーツ用の衣服は動きやすさや通気性を重視して作られている。

そのためユニフォームに使われる布地はどうしても薄くなりがちで、普通のショーツだとうっすらと下着のラインが出てしまう。

そこで泉はスポーツ用のインナーを着用することでこれを解決したらしいのだが、今度は頻繁にＰＫが発生するという別の問題が出てきてしまったらしい。

メリットがあればデメリットもあるということだ。

「佐藤さん」

「なに？」

「ちょっと、佐藤さんのお尻をさわってもいいかな？」

「いいわけがないよ!?」

「ダメかー」

「むしろ、どうしていけると思ったの？」

「変な意味じゃなくてね、短パン越しだと下着がどうなってるかわかりにくいから、触診して確かめようと思ってさ」

「な、なるほど……事情はわかったけど、お尻をさわられるのはちょっと……」

「まあ、そうだよね」

さすがにお尻を好きにする許可は下りなかった。

残念だが、別の方法を考えねばなるまい。

「どのみちＰＫに関するデータは必要だし、あの子に頼んでみようかな」

◇

翌日の放課後、学校に程近い市民体育館に恵太と澪、それから絢花の姿があった。

恵太と澪は高校のジャージ姿だが、絢花は泉が着ていたようなバレーのユニフォームを着用しており、長い金髪をくくってポニーテールにしていて、普段と雰囲気の違う髪型がとてもキュートだ。

「それで、どうして私が駆り出されるわけ？」

「再現実験だよ」

「再現実験？」

「今回はＰＫ対策のできる下着が必要なわけだけど、佐藤さんの話だけだと必要なデータが不足してるからね。念のため、お尻の小さい女の子にも食い込みが発生するか調べたいんだ」

「そんな実験、生まれて初めて聞いたわ……」

説明を受けた絢花がため息をつく。

「……でもまあ、恵太君の頼みじゃ仕方ないわね」

「なんだかんだで絢花先輩、浦島君に甘いですよね」

澪の言う通り、文句を言いつつも、なんだかんだユニフォームまで着てきてくれる幼馴染が健気すぎる件。

「それは澪さんも同じでしょ」

「泉はわたしの友達ですからね。いくらでも協力しますよ」

今回、澪に協力を要請すると二つ返事で引き受けてくれた。

最低でも頭数が三人必要だったのでありがたい限りだ。

「というか先輩、バレーのユニフォームなんてよく持ってましたね」

「前に仕事の撮影で使ったのよ」

「すごく格好いいですよ」

「そ、そうかしら……ふふ♪」

澪に褒められて嬉しそうな絢花さんである。

赤らめた両頬に手を当てる仕草など、完全に好きな男子に褒められた時の乙女のそれだ。

「それで、私は何をすればいいのかしら？」

「そうだね。とりあえず、ＰＫが発生するように激しく運動してもらおうかな」

「改めて聞いても最低な実験ね」

そんなこんなで再現実験をすることに。

自前のスマホを手にした恵太は撮影班。

澪がスパイクを打って、それを絢花が受けるレシーブ練習が始まったのだが——

「あっ♡　そこはダメ♡　そこ弱いの♡」

開始直後に問題発生。

澪のスパイクを受けた絢花がなんというか、無修正で放送してはいけない感じの悩ましい声を上げ始めたのだ。

「こんなにされたら私、おかしくなっちゃう！　澪さんにおかしくされちゃううう♡」

妙な台詞を口走りながら、金髪の少女が右へ左へステップを踏んで、澪の放ったボールをレシーブする。

「ああんっ♡　これダメっ♡　連続でこんなに激しいのは無理♡　——も、もうダメえええええええっ♡」

「絢花先輩、変な声を出さないでください」

呆れた澪に喘ぎ声を禁止されつつ、絢花のレシーブ練習は続けられた。

「ね、ねぇ……？　これ、いつまで続けるの？　私、そろそろ体が限界なんだけど……」

絢花はあまり運動が得意なタイプじゃない。

十分もレシーブを続けると表情から余裕がなくなり、エッチな声もすっかりなりを潜めてしまった。

　そして、そんなふうに激しい運動をすれば当然、身に着けた下着がお尻に食い込んでしまうわけで――

「はいＯＫ！　絢花ちゃんの食い込み直し、いただきました～」

「バカじゃないの……」

　無事に、絢花がパンツの食い込みを直す瞬間の撮影に成功。

　貴重映像を収めたスマホを仕舞(しま)って恵太がパチパチと拍手すると、ものすごく不本意そうなしかめっ面で睨(にら)まれてしまった。

「可愛(かわい)い女の子の冷たい視線を浴びせられると、なんだかゾクゾクするよね」

「あ、ダメだわこれ。今日の恵太君はダメな時の恵太君だわ」

　説明しよう。

　恵太君にはダメな時の恵太君があるのだ。

　目的のためなら恥も外聞も捨て去り、手段を選ばない無敵の変態デザイナーへと変貌するのである。

「ともあれ、絢花ちゃんのおかげで貴重な実験データを得ることができたよ。やっぱりお尻の小さい女の子でもＰＫは発生するんだ」

「お尻のサイズは関係ないと証明されましたね」

「本当になんなの、この頭の悪い実験は……」

絢花の少ない体力と引き換えに重要な実験データをゲット。

あらかじめ用意していたスポーツドリンクを手に、恵太は可愛い幼馴染に近づく。

「絢花ちゃん、おつかれさま」

「あっ、待って⁉」

こちらの接近に気づき、絢花が慌てたように言う。

「あ、あんまり近くに寄らないで……」

「え？　なんで？」

「……」

反射的に聞き返すと、なぜかむっとした表情を作る幼馴染。

そっぽを向いた彼女が頬を赤く染め、恥ずかしそうに「ばか……」と呟く。

「たくさん運動したから、その……わ、わかるでしょう……？」

「ああ、そっか……ごめん……」

赤面した上級生を見て、ようやく原因に思い至る。

汗を気にして距離を置こうとするなんて、恋する乙女のようなウブな反応にどぎまぎしてしまった。

「浦島君は本当にデリカシーがないですね」

「面目ない」

女の子の気持ちを汲み取るのは想像以上に難しい。

ブラのカップサイズを特定するのは得意なのに、いつまで経ってもこれだけは不得意分野なのだった。


自宅マンションのリビングにて、ソファーに座った恵太が横にしたスマホを眺めていると、ラフな部屋着姿の姫咲がやってきた。

「お兄ちゃん、お風呂空いたよ」

「おー」

「あれ、なに見てるの？」

「ちょっと研究をね」

「研究？」

首を傾げて恵太の隣に腰を下ろす姫咲。

お風呂上がりで、髪を下ろしている彼女が画面を覗き込んでくる。

「うわ……お兄ちゃんがバレー選手のお尻をガン見してる……」

「誤解しないでくれ。クラスの人に相談されて、下着の研究をしてるんだよ」

「研究？」

「試合中に、お尻にパンツが食い込むのをどうにかしたいんだって」

「ああ、いわゆるPKだね」

得心がいった様子で姫咲が続ける。

「パンツじゃないけど、水着を着てても食い込みは気になるもんね」

「スク水の食い込みを直す様子とか、昔はよく観察してたなぁ」

「そんなんでよく女子の槍玉に挙がらなかったよね」

「気づかれないように盗み見るのは得意だからね」

仕事柄、昔から女体の観察はライフワークだった。

ただ、あからさまに見すぎると女子に睨まれる。

穏便に観察するためにも、盗み見のスキルは必須技術だったのだ。

「けどお兄ちゃん、また女の子の相談に乗ってあげてるんだ。こないだ仕事が終わったばかりなのによくやるね」

「まあ、頼られちゃったからね。学校でその人の練習試合を見たんだけど、普段から努力してるんだなって思って。そういうのを見ちゃうと応援したくなっちゃうから」

「お兄ちゃんらしいね」

姫咲が優しく微笑む。

中学生とは思えない大人びた笑みで、どこか嬉しそうに。

「それでバレーの試合を観てたんだね」

「まあね」

「……あれ？」

「ん？　どうかした？」

「あ、うん……さっきからすごく動いてるのに、ぜんぜんパンツを直さない人がいたから気になって」

「え？　どの人？」

「ほら、この髪を結んだ選手」

「……本当だ」

動画に寄せられたコメントによると、その選手はチームのエースらしい。

泉と同じウイングスパイカーというポジションで、攻撃の要。

最も多くボールが集まり、最も多くのスパイクを打つことになるため、運動量も相当なものになるはずで——

それなのに、彼女に下着の食い込みを気にする様子はいっさいなかった。

巻き戻して確認してみたが、やはり一度もパンツの位置を直していない。

「ふむ……」

ここにＰＫ撲滅に繋がる大きなヒントがある――

そう感じ取った恵太は、真剣な顔で試合の動画を観続けたのだった。

その翌日、高校の被服準備室にひと組の男女の姿があった。

隣り合う配置で椅子に座っているのは恵太と澪のふたり。

恵太が手にしたタブレットを使い、ふたりが観ているのは昨夜の試合動画で――

「動画を観てて気づいたんだけど、プロのスポーツ選手はぜんぜん下着のラインが透けてないんだよね」

「本当ですね」

「おそらくみんな、ボックスタイプの下着を使ってるんだと思う」

「それって、泉が穿いてるやつですよね」

「うん、短パンみたいにお尻全体を包んじゃうインナーだね」

ボックスタイプのインナーはユニフォームとほぼ同じ布面積。

そのため下着のラインが透けないという寸法である。

「それで、選手がパンツの食い込みを直すところを観察してたんだけど、試合中に一度もパンツの食い込みを直してない人がいたんだ」

「そういうこともあるんじゃないですか？」

「そう思って、その選手が出てる他の動画も観てみたんだけど、結果は同じだった。驚くべきことに、まったくＰＫが発生していなかったんだ」

「それは不思議ですね」

「いくらボックスタイプの下着でも、これだけ激しく動いてＰＫがまったくないとは思えないからね。おそらくＰＫが起こらず、下着のラインも浮き出ない下着があるんだ」

「そんな魔法みたいなアイテムが……」

　女子にとっての大敵であるＰＫ。

　憎き物理現象であるパンツの食い込み。

　不可避のはずのその現象を、完璧に回避する夢のような下着が存在すると恵太は確信したのである。

「で、気になって調べてみたら、どうやら一部の選手は特殊なインナーを使ってるみたいなんだよ」

「ボックスタイプ以外のってことですか？」

「うん。俺もそっちはあんまり詳しくないんだけど。リュグはスポーツ用の下着は取り扱ってないから」

「じゃあ、新しく作るんですか？」

「いや、それだと試合に間に合わないから、今回は専門家に意見を聞いてみるよ」

「専門家？」

「餅は餅屋っていうからね」

下着の専門家がいるお店といえばもちろん——

「今日は、ランジェリーショップにいってみよう」

◆

駅近にあるランジェリーショップ『ARIA』。

そこは以前、澪がリュグの下着を眺めていた例のお店で。

店先のショーウィンドウに立ったマネキンの、澪シリーズ第一号である水色のランジェリーを横目に見ながら、澪はドアを開けた恵太に続いて入店した。

「いらっしゃいませ～」

出迎えてくれたのは色とりどりの下着と、若い女性店員だった。

二十歳くらいだろうか。サラサラの長い黒髪が印象的な彼女は、白のブラウスにロングスカートという清楚な装いで、同性の澪から見てもため息がもれるような美人さんだ。

「あら、誰かと思えば恵太くんじゃないですか」

「椿さん、お久しぶりです」

　恵太と黒髪の店員が挨拶を交わす。

「浦島君、お知り合いですか？」

「この店にはリュグの下着を置いてもらってるからね。俺もたまに顔を出すんだよ」

「へー」

「椿さん、こちらはクラスメイトの水野さん。リュグのモデルをしてくれてるんだ」

「あら、そうでしたか」

　黒髪の女性店員が、その瞳を澪に向ける。

「初めまして。わたくしは瀬戸椿と申します。見ての通り、ランジェリーショップの店員をしております」

「瀬戸……？」

「椿さんは秋彦のお姉さんのひとりだよ」

「うふふ、上から二番目のお姉さんです♪」

「ああ、あの噂の……」

　三人いるという瀬戸家の姉妹。

　そのひとりがこの黒髪美女だという。

「椿さんは乙葉ちゃんと同級生で、同じ大学に通ってるんだよね」

「そうなんですね」

つまり、椿は大学三年だということ。

幼児体型の乙葉とは違い、これぞ女子大生といった大人っぽい容姿でなんだか安心する。

そういえば以前、恵太が瀬戸家の三姉妹を『壮絶』と評していたが――

（すごく綺麗な人ですけど、そんなに壮絶な感じはしませんね）

壮絶なのは容姿の美しさくらいで、今のところ不審な点は見当たらない。

「そういえば恵太くん、柊奈子ちゃんに聞きましたよ？　雑誌のデザインコンテストで準優勝だったそうですね」

「おかげさまで」

「柊奈子ちゃんが今度、ファッション誌の企画でリュグに取材にいきたいって言ってましたよ」

「それは是非。いい宣伝になりそうだ」

瀬戸家の長女、柊奈子はファッション雑誌の編集者だという。

恵太のインタビュー記事が載れば、下着の売り上げアップも期待できるだろう。

「それで、今日はどういったご用件でしょう？　男の子を悩殺する下着をご所望でしたら、是非わたくしにお任せください！」

「え……？」

椿に詰め寄られ、澪は思わず彼女の顔を見る。

笑顔だ。

文句のつけようもない完璧な笑顔。

見惚れるほど綺麗なスマイルで、椿は今の妙な台詞をのたまったのである。

「うふふ、男はしょせんケダモノですからね。澪ちゃんは可愛いですから、勝負下着をつけて誘惑すればイチコロですよ♪」

「澪ちゃん呼び!?　あ、あの……椿さん？」

「さあ、わたくしと一緒に悩殺下着を選びましょう！　そして欲望のおもむくままにいたいけな男の子たちを誘惑しましょう！　恥ずかしがることはありませんよ？　下着は女の戦闘服なのですから！」

「いや、あの……」

「というわけで、こんなのはいかがでしょうか？」

「ちょっ!?　なにそれ、スケスケじゃないですか!?」

椿がどこからか取り出したのは、なんともセクシーすぎるショーツだった。

生地が全力で透けているし、チャレンジ精神が旺盛すぎる。

「こんなの穿けるわけないですよ！」

「えー？　じゃあ、これとかは？」

「もはや下着としての機能を果たしてないんですけど⁉」

　再度、椿が取り出したのは完全にただの紐だった。

　大事な部分をまるで隠せる気がしない。

「この店、なんて商品を置いてるんですか……」

「ちなみに、今日のわたくしのパンツはセクシーな黒です♡　きゃっ♡」

「そんな満面の笑顔で……」

「見た目に騙されちゃダメだよ。椿さんはこう見えて、好みの男を見つけては自分好みに調教して楽しむドSだからね」

「えええ……」

「わたくし、幼気な男の子を自分色に染め上げるのが好きなんです♡」

「否定しないんですね……」

　要約すると、瀬戸椿はドSな人らしい。

　清楚そうな外見とは裏腹に、男性を調教して喜ぶ女王様とのことだ。

「浦島君の言ってた壮絶の意味がわかった気がします」

「でしょ？」

「瀬戸君も大変ですね」

身内にこんな人がいたら、澪なら家族の縁を切るかもしれない。

しかも、壮絶な姉があとふたりいるというのだから恐ろしい。

「浦島君、この店員さんは大丈夫なんですか？」

「それは問題ないよ。俺が下着作りのプロなら、椿さんは販売のプロだから」

「わたくしはアルバイト店員ですけどね。それでも、ちゃんと知識は身につけているつもりです」

「下着は体につけるものだからね。知識の豊富な店員さんのいる、専門店で買うのがいちばん安心なんだよ」

「今は通販で下着が買える時代ですが、ランジェリーショップの必要性は変わってませんからね。下着はお店で、店員と相談しながら選ぶのがマストなのです」

「ああ、それはわかります」

澪は昔、ブラのカップ数を勘違いして、小さい下着を買ってしまったことがある。

下着の知識がないのに通販で購入したのが原因だった。

お店に足を運んでいれば、あんなことにはならなかったはずだ。

「通販が悪いわけではないですけどね。自分の下着のサイズがわかっていれば手軽で便利ですから。ただ、同じカップ数でもブランドによって微妙にサイズが違ったりしますし、購入の際はお店で試着してみるのがいいですね」

「勉強になります」

澪にランジェリーショップの重要性を教えたところで椿が接客を再開する。

「それで、勝負下着が目的じゃないなら、いったいどのようなご用件でしょう？」

「今日は椿さんに相談があってきたんだ」

「相談？」

「実はバレー部の女の子用に、動いても食い込まないパンツが欲しいんだけど——」

恵太がこれまでの経緯を説明する。

「なるほど……ボックスタイプの下着は確かに有効ですが、絶対に食い込まないわけじゃないですからね」

「それがＰＫの恐ろしいところだよね」

動いているとどうしても下着の布地はずれてしまうもの。

これは物理法則なので、デザインでカバーするのも限界がある。

「となると、解決策はアレしかないでしょうね」

「やっぱり椿さんもそう思う？」

「ええ。ご用意いたしますので、少々お待ちください」

そう言って店の奥に消える椿。

ほどなくして、彼女は一枚の下着を手に戻ってきた。

「この下着であれば、間違いなくＰＫは起きませんよ」

「こ、これは……っ!?」

それを見た瞬間、澪は確信した。

この下着であれば絶対にＰＫは発生しないと。

しかし、同時に自分の中で強い葛藤が生まれた。

この下着を友人に薦めるのは果たしていかがなものかと。

「浦島君……本当にコレを泉に薦めるんですか？」

「俺の見立てだと、きっと佐藤さんは気に入ってくれると思うよ」

「まあ、泉が了承するなら口出しはしませんけど……」

自分だったら絶対に穿かないだろうな――

そう思った澪だったが、その本音は口には出さず、Ｄカップの胸の内側にそっと仕舞い込んだのだった。

◇

「というわけで、こちらがＰＫの発生しない魔法のパンツになります」

翌日の放課後、恵太は被服準備室に呼び出した依頼主に、ランジェリーショップで入手したアイテムをお披露目していた。

正面に座った泉に見えるよう、テーブルの上にそっと下着を置いたのだが、それを見た彼女の顔に浮かんだのは非常に困ったような表情で——

「う、浦島くん……？」

「なにかな？」

「これって、もしかしなくてもＴバックというやつなのでは？」

「おや、佐藤さんもご存じでしたか」

Ｔバック。

言わずと知れた、布面積が極端に少ないパンツのことである。

その名が示す通り、下着の後方部分がＴの字を模っており、お尻を覆うというよりは、最低限の大事な部位だけを隠す構造になっている。

ちなみに、今回恵太が用意したのはスポーツ用のＴバックなので、伸縮性と通気性は抜群だ。

「そういう下着があるのは知ってたけど、高校生にはちょっとハードルが高いような……」

「まあ、Ｔバックは露出度も尋常じゃないからね」

前はともかく後ろは紐みたいなものだ。

Ｔバック未経験の女の子には確かにハードルが高いだろう。

「でも、Tバックのパンツなら、そもそもお尻を覆う布がないから食い込む心配がないし、下着のラインが浮き出ることもないよ？」

「それはそうだけど……」

実はTバックには様々なメリットがある。

まずは下着のラインが透けないこと。

そして、運動時であっても食い込みの心配が要らないこと。

さらには締めつけ感がないことや、布地が少ないため長時間使用しても蒸れにくいことなどが挙げられる。

装着時にそういったストレスがないのは、集中力を要求されるスポーツ選手にとって大きな利点といえるだろう。

Tバックはまさに下着界の万能選手。

機能性に富んだ、女性アスリートのために生まれたような下着なのだ。

これ以上に彼女に相応しい下着は他にないだろう。

「佐藤さん……」

「な、なに？」

「何事も挑戦だと思うんだ」

「挑戦……？」

「未知の下着がこわいのはわかるよ。でも、この下着はきっと佐藤さんのパフォーマンスをアップしてくれると思う。一度試してみて、それで合わなかったらやめればいいんだし、使いもせずに結論を出すのは勿体(もったい)ないんじゃないかな」

「うーん……」

泉(いずみ)の瞳が迷いで揺れる。

ここまでくればあとひと押しだ。

「佐藤さん――」

両手で広げたTバックを突き出して、なかなか踏み出せない女の子の、その背中を押す言葉を紡ぎ上げる。

「このTバックで、自分の殻を破ってみようよ」

「Tバックで自分の殻を……」

彼女はバレー部でエースにまでのぼり詰めた人物だ。

いわば努力家でストイックな生粋(きっすい)のスポーツ女子。

自分の殻を破るという、いかにもスポーツマンが好みそうな熱い言葉は、そんな泉の胸に突き刺さったようで――

「……そういうことなら」

決死の覚悟を宿した表情で、変態デザイナーの誘いに頷(うなず)いた。

こうして女子バレー部のエースは、生まれて初めてTバックのパンツを体験することになったのである。

後日、恵太は女子バレー部が使っている体育館に足を運んだ。

「佐藤さん」

「あ、浦島くん」

休憩中だったのだろう。壁際でペットボトルのスポーツドリンクを飲んでいた泉に声をかけると、ジャージの短パンに半袖姿の彼女が駆け寄ってくる。

「新しい下着の調子はどう？」

「絶好調だよ。最初は恥ずかしかったけど、食い込みの心配もなくなったし、もう手放せなくなっちゃった」

「それはよかった」

「それに……なんだか独特の解放感があって、その……わりと好きかもしれません……」

「ああ、そういうユーザーも多いみたいだね」

Tバックの利点のひとつとして『装着時の解放感』が挙げられる。

布面積の少なさから最初は敬遠していても、その心地よさにやられてTバックの虜になる女子が少なからず存在するらしい。

「これで試合中も思いきりプレイできそうだよ。教えてくれてありがとう」

「どういたしまして」

「えへへ、浦島くんに相談してよかった」

体育館の隅っこで泉の笑顔が咲く。

新しい下着はどうやらお気に召していただけたようだ。

と、彼女の背後で部員の誰かが「泉〜っ！　休憩終わりだよ！」と叫ぶ。

「あ、練習が始まるからもういかないと」

「がんばってね」

「うん。今回のこと、今度ちゃんとお礼させてね」

「いいよそんなの」

「そういうわけにはいかないよ。二回も相談に乗ってもらっちゃったし」

「じゃあ、そのうちTバックを装着したお尻を見せてもらうっていうのは？」

「ごめん、それは無理」

お尻の開示を要求したところ、素敵な笑顔でお断りされてしまった。

「とにかく、ぜったいお返しするから」

そう言い残して、泉が部員の輪の中に戻っていく。

その表情は晴れやかで、本当に調子がよさそうだ。

「あんなに恥ずかしがってた佐藤さんがこんなに惚れ込むなんて、Tバックの性能は本物だね」

泉の二度目の相談も無事に解決。

その成果に満足げに微笑んで、恵太は体育館をあとにする。

「下着について全部わかったつもりになってたけど、こんな新発見があるなんてね」

今回の件で、知らないことがまだまだあることに気づかされた。

「俺も何か、新しいことに挑戦してみようかな」

佐藤泉が未知の下着に挑戦したように、ランジェリーデザイナーとして成長するためにも、何か新しいことに挑戦してみるのもいいかもしれない。

◆

佐藤泉の身に悲劇が降り注いだのは別の日、五時限目の体育に備え、更衣室で着替えていた時のことだった。

制服を脱いで下着姿になった真凛が、同じく下着姿になった泉の、その美しいお尻をじっと見つめていたのである。

正確には、彼女が目を奪われたのは泉が穿いていたTバックのパンツで――

顔を赤くした真凛が言いづらそうに、こんな感想を口にしたのだ。

「いずみん……今日はずいぶん攻めた下着をしてるんだね……」

「え？　……あっ⁉」

彼女に指摘されるまで気づかなかった。

着け心地がよすぎて、幾つか買い増ししたTバックの下着を、泉は無意識に普段使いしていたのである。

「いずみんがこんな下着を穿いてくるなんて……はっ⁉　もしやいずみん、その下着をフル活用して意中の男子にアタックするつもりなんじゃ⁉」

「違うよ⁉　間違えて穿いてきちゃっただけで、部活用の下着だから！」

「いずみん……いつの間にか大人になって……真凛さんは嬉しいよ」

「なぜ親目線⁉　お願いだから話を聞いて⁉」

「大丈夫だよ、いずみん。いずみんがどんなにエッチなパンツを穿いてても、うちはずっと友達だから」

「だから違うんだってばあああああっ‼」

その後、話を聞いてくれない真凛の誤解をとくのは本当に大変で、事情を知っている澪に協力してもらってなんとか事なきを得ることができた。

やはりTバックは諸刃の剣。

このパンツの使用は試合の時だけにしようと泉は固く心に誓ったのである。

◇

Tバックが原因でひと悶着あったその日の放課後。

鞄を手にした澪が特別教室棟を訪れると、ほとんど部屋の主と化している恵太がテーブルに向かい、愛用のタブレットを手になにやら作業中だった。

「浦島君、なにしてるんですか？」

「ああ、水野さん」

尋ねながら澪が近づくと、手を止めた彼が顔を上げる。

「実はね、今回の佐藤さんの一件でTバックに無限の可能性を感じたから、なんとか一般の女性向けにアレンジできないか試行錯誤してるんだ」

「あ、そうなんですね」

要は新作の草案を考えているのだろう。

タブレットの画面を見ると、なんともセクシーなTバックが表示されており、かなり攻めた布面積になんだか頬が熱くなる。

「試作品が完成したら試着をお願いね」

「え、嫌です」

「あれっ？　なんで？」

「さすがにTバックは恥ずかしいですし……」

「でも、佐藤さんはすっかりTバックの虜になって、もうこの下着でしか満足できないって言ってたよ？」

「あー、たしかに普段使いまでしてましたね」

おかげで真凛に説明するのが大変だったのだが、今はその話はいいだろう。

「Tバックはセクシーなだけの下着じゃないって多くの人に知ってほしいんだよね。締め付け感のない着け心地は他のパンツじゃ味わえないし、布面積が少ないから蒸れないし、これからの季節にピッタリな究極のランジェリーだと思うんだ！」

「めちゃくちゃ早口じゃないですか」

子どもみたいに目をキラキラさせている。

彼は本当にランジェリーが好きなのだ。

「ぜったい水野さんに似合うと思うんだよね」

「Tバックが似合うと言われても嬉しくないです」

「まあ、嫌がる水野さんに無理やりTバックを穿かせる方法はあとで考えるとして――今日は、前に渡した試作品のアンケートを書いてもらおうかな」

「なにやら不穏な台詞が聞こえた気がしましたが……わかりました」

アンケート用紙を受け取り、彼の隣の席に腰掛ける。

試作品のランジェリーを長期間使用して、着け心地や耐久性についての質問に答えるのだが、これもモデルとしての重要な仕事だ。

このデータを参考にして商品に改良が施されたりするので真面目に書く必要がある。

そんなわけで、さっそく回答を開始。

自前のペンを手に、黙々と必要項目を埋めていく。

数があるため、時おり手を止めて考えながら、新作下着を使用して感じたことを用紙に記入した。

「浦島君、アンケート書き終わりましたよ」

十分ほど経過して、回答を終えた澪が恵太に視線をやると、彼は両腕を枕にしてテーブルに突っ伏していた。

「あれ？　浦島君？」

眼鏡をかけたまま、完全にまぶたが閉じており、呼びかけにも反応しない。

どうやら熟睡しているようだ。

テーブルの上には彼のタブレット端末が置かれていて、描きかけの下着のデザイン画が表示されていた。

「寝てる……」

近づいて、ほっぺをツンツンしても起きる気配がない。

なんとも安らかな寝顔だ。

「ここのところ働き詰めでしたからね」

先日、大きな仕事を終えたばかりだというのに泉の相談に乗ってくれて、下着にまつわる悩みを解決してくれた。

彼のことだ。泉のために、寝る間も惜しんでPKの対抗策を考えていたに違いない。

机に向かう彼の姿が容易に想像できる。

そうして泉の件が解決したと思ったら、今度は新しいデザインときた。

電池が切れたように寝落ちしてしまうわけである。

「ううーん……水野さん……」

「え？」

急に名前を呼ばれてどきりとする。

起きた様子はなく、どうやら寝言のようだが……

「お願いだから、俺のTバックを穿いてください……」

「夢の中でまでTバックを穿かせようとするなんて、浦島君は本当に変態ですね」

それにしても酷（ひど）い寝言だ。

短い文面なのに、どんな夢を見てるのかだいたい想像できてしまう。

「まあでも、真凛（まりん）や泉（いずみ）の相談に乗ってくれましたからね。浦島（うらしま）君のためなら、少しくらい恥ずかしい下着もつけてあげますよ」

寝ているのをいいことに、人差し指で彼の頬（ほお）をつつく。

「――なんて、ちょっと甘すぎですかね」

相手は同年代の女の子に自作の下着を試着させるような変態デザイナー。

うら若き乙女としては最大限の警戒心を持ち、毅然（きぜん）とした態度で交流しないといけない人物なのに、最近はその警戒心も薄れてしまっている。

逆に言えばそれだけ心を許してしまっているわけだが、その事実に、そんなに悪い気がしないのが困りものだ。

「ううーん……」

「あれ、また寝言ですか？」

なんだか少し楽しくなってきた。

今度はどんなめずらしい寝言が聞けるのかとワクワクしながら耳を澄ます。

「……ダメだよ雪菜（ゆきな）ちゃん……雪菜ちゃんのおっぱいでそんなことされたら、さすがの俺も窒息しちゃうよ……」

「…………」

その瞬間、澪は笑顔のままフリーズした。

凍結が終わると、みるみる不機嫌な表情に変わっていく。

「ふーん？　ずいぶん楽しそうな夢を見てるみたいですね……浦島君も結局はおっぱいというわけですか……」

察するに、あの後輩女子のGカップに顔を埋める夢でも見ているのだろう。

台詞を聞く限り、どちらかといえば恵太のほうが雪菜に迫られている感じだが、抵抗しない時点で同罪だ。

今すぐ叩き起こしてやりたい衝動に駆られたが、理性で我慢する。

「というか、なんでわたしがむかむかしないといけないんですか……」

この変態デザイナーがどんな夢を見ようと自分には関係ないはずなのに、なぜか非常に不愉快な気分で――

「…………」

せめてもの腹いせに、澪は少しだけ彼の鼻をつまんだのだった。

エピローグ

Epilogue

その日、水野渚は困惑していた。

中学三年生の渚は澪の弟で、１６０センチにギリギリ届かない身長がコンプレックスな男子なのだが、彼は世にも奇妙な光景を目撃してしまったのである。

というのも——

「姉さんが、オシャレな部屋着を着てる……」

部活が終わってジャージ姿の渚がアパート二階の自宅に帰宅すると、キッチンにいた澪がキャミソールを着用していたのだ。

爽やかなスカイブルーのキャミと、下は短パンのような形のペチコートで、一見すると何も問題がないように思えるが——

そんなオシャレな衣服を、姉が着用していた事実に渚は強い衝撃を覚えたのだった。

「どうしたんだ、その格好？」

「な、なんですか渚？　なにか文句でも……？」

「いや、だって姉さん、家じゃいつもジャージだったじゃん」

「別に、わたしが家でどんな格好をしてたっていいじゃないですか」

「それはそうだけど、急にちゃんとした格好をされるとこわいというか……嵐の前触れなのかと身構えるというか……」

「失礼すぎませんか？」

素直な感想を伝えると、澪がむっと頰を膨らませる。

「そんなデリカシーのないことばかり言ってると、いつまで経ってもモテませんからね！」

謎の捨て台詞を吐いて、澪がそそくさと自分の部屋に戻ってしまう。

その姿を見送って、残された渚がぽつりと呟く。

「怪しい……」

なんというか、最近の姉は様子がおかしいのだ。

ついこの間まで自宅での服装は中学時代の芋ジャージがデフォルトだったし、夏も中学の短パンを愛用していた。

それが急にオシャレなキャミソールを着け始めたり、キャミじゃなくても普通の部屋着を着用するようになった。

何より大きな変化は、下着が可愛いものに置き換わったことだ。

今まではずっとくたくたにくたびれた下着を使っていたのに、新しくて煌びやかなランジェリーを着用するようになったのである。

「まさか姉さん、男でもできたのか……？」

　自分で言っておいて、その仮説の内容にショックを受ける。

「姉さん美人だし、彼氏ができても不思議じゃないけど、悪い男に引っかかってる可能性もゼロじゃないよな……」

　姉の澪は文句なしの美少女だし、スタイルも抜群だ。

　数々の節約料理を会得しているし、性格だって悪くない。

　その気になれば引く手あまただろう。

　もしも彼氏がいたとして、相手が澪に相応しい素晴らしい男であれば応援するのもやぶさかではないが、もしも姉を泣かすようなクズだとしたら話は別だ。

「姉さんに悪い虫がついてるなら、僕が追い払わないと……」

　本人に自覚はないが、率直に言って渚は重度のシスコンだった。


　そんなことがあった翌日、帰りのHRが終わった直後、鞄に教材を入れていた渚は友人の鈴木に声をかけられた。

「すまん渚！　今日の委員会、代わってくれ！」

「は？　なんで僕が？」

「実はさっき、急にデートの予定が入っちゃってさ」

「そうなんだ。じゃあ、僕は部活があるからこれで」

「ちょっ!?」

華麗なスルーを決めて教室を出ようとした渚だったが、鈴木に回り込まれてしまう。

「待ってくれよ渚！　俺の彼女、別の学校だし、普段なかなか会えないんだ！　頼むよ！」

「……」

仏頂面のまま、しばし考える。

仕事よりデートを優先するというのは納得いかないが、他校に彼女がいるのは知っていたし、なかなか会えないと寂しそうにしている姿も見ていた。

それを思うとどうにも断りきれず、深いため息をつく。

「……いいけど、ひとつ貸しだからな」

「恩に着る！」

黙って会議に参加するだけでいいからと言い残し、意気揚々と飛び出していった鈴木を見送った渚はクラスのチームメイトに声をかけ、遅れることを伝えてから教室を出た。

向かったのは視聴覚室。

そこには夏季制服のズボンにワイシャツ姿の男子と、セーラー服姿の女子生徒が十数人いて、それぞれお喋り（しゃべ）りしながら会議が始まるのを待っていた。

長テーブルの席に腰掛け、騒がしい彼らの様子を眺めながら気だるげに息を吐く。

「なんで僕が美化委員の代役なんか……しかもその理由が彼女とデートするからって、やってられないよな」

部活の練習に直行するつもりが、とんだ予定変更だ。

「……恋愛って、そんなにいいものなのかね」

なんとなく昨日の姉の様子を思い出しながら、そんなことを呟いた時だった。

「──隣、いいかな？」

「え？」

声をかけられ、顔を上げると、ひとりの女子生徒が立っていた。

綺麗な髪をサイドで結った彼女には見覚えがあって──

「浦島さん……」

「あれ、わたしのこと知ってるの？」

「まあ、有名だから。部活の連中が噂してたし」

「えー？　どんな噂だろ？」

了承していないのに隣に座った女子の名前は浦島姫咲。

明るくて社交的で、とにもかくにも目立つ人物で、自分とは別世界の人間だ。

名前を知ってはいるが、直接の面識があるわけではない。

よく部活連中の話題にも上がる人物で、男子からの人気が高いらしいが、正直に言うと渚は苦手だった。姫咲自体がどうとかではなく、コンプレックスのせいで自分より背の高い女子が苦手なのだ。

「キミって二組の水野くんだよね？」

「なんで知ってるの？」

「そっちも一時期噂になってたから。バレー部に美形だけど背の低い男子がいるって」

「ああ、そう……」

気分が沈む話だ。こちとら好きで小さいわけじゃないというのに。

渚が地味にショックを受けていると、サイドテールの同級生が「あれ？」と不思議そうに首を傾げる。

「でも、二組の委員って別の人じゃなかった？」

「今日は代役。用事があるんだと」

「ふーん？　代わってあげるなんて、優しいんだね」

「別に普通だろ」

適当に受け答えをしつつ壁掛けの時計を見る。

初対面の女子と話すのは苦痛だし、早く終わらせて練習にいきたいのに、会議の開始までまだ時間があってげんなりする。

自分のことは放っておいてほしいのに、そんな願いも虚しく姫咲が新たな話題を口にする。

「ね？　水野くんって、お姉さんがいたりする？」

「まあ、いるけど……」

「名前は澪さんだったり？」

「そうだけど……なんで浦島さんが知ってんの？」

「最近、お世話になってるから」

「お世話？」

「うん。うちの家族がやってるランジェリーブランドで、下着のモデルをしてくれてるんだよね」

「……は？　下着のモデル？」

あまりにも突拍子がなさすぎて、一瞬、何を言われたのか理解できなかった。

呆然としている渚には気づかず、姫咲が話を続ける。

「お兄ちゃんが下着のデザイナーをしてるんだけど、澪さんには試作品を試すモニターをしてもらってる——みたいな？」

「それってまさか、姉さんが男の前で下着姿になってるってこと……？」

「そうだけど……あれ？　これってもしかして、言っちゃいけないやつだった？」

異変を感じ取ったのだろう。

姫咲が慌てた様子を見せ始めるが、渚の耳にはもう何も入っていなかった。

「浦島の兄貴がランジェリーデザイナーで、姉さんがそれに協力してる……？　姉さんがそいつの前で下着姿になってるだと？　なにをどうすればそんな状況に……いや、それよりも、その状況で下着を見せるだけで済むのか？　あんなに可憐(かれん)な姉さんを前にして普通の男が理性を保てるわけがないし……ま、まさか姉さんは既にそいつの毒牙に……っ!?」

愛する姉が見ず知らずの男に蹂躙(じゅうりん)される様子を想像して、目の前が真っ白になる。

「み、水野君……？」

「姉さん……僕の姉さんが……」

「えーっと……お邪魔(じゃま)みたいだし、わたしは他の席にいこうかな～」

「待ってくれ」

面倒事は極力避けて通る主義だが、今回は愛する姉の貞操がかかっている。

関係者の逃亡を許すわけもなく、渚はとっさに姫咲の肩を掴(つか)んだ。

「いろいろ聞きたいことがあるから、浦島さんの〝お兄ちゃん〟とやらに会わせてもらおうか」

あとがき

※ネタバレを含みますので本編未読の方はご注意ください。

『ランジェリーガールをお気に召すまま2』をお手に取ってくださり、ありがとうございます。

二巻も一巻同様、全体的にドタバタした回になった気がしますが、いかがでしたでしょうか。

ゆったりとした平穏な日常を書きたくても、作者の思惑に反して次から次へと事件ばかり起きるんですよね（なぜだ）。

そして、今回登場した浜崎瑠衣で想定していたリュグの主要メンバーが全員出揃いました。

瑠衣は待望のツンデレ担当にしてけっこうお気に入りのキャラです。

水着の日焼け跡などもそうですが、褐色肌の女の子ってどうしてこんなに魅力的なんでしょうね。

瑠衣がパンツを見せてる口絵とか、健康的な脚が素晴らしすぎてとても好きなんですけど、もうこれだけで一晩中語り明かせるレベルです。

こうなるともう何がなんでもこの子を脱がせたいと思い、あの手この手でセクシーシヨットを連発させていただきました。なんだかんだ文句を言いつつも、ちゃんと下着のモデルをしてくれるあたり、ツンデレの鑑ですね。

今後、彼女がリュグの仕事を通してどんな成長を見せてくれるか楽しみです。

楽しみといえば、せっかくメンバーが出揃ったので、登場人物たちの恋愛模様も楽しみですね。

既に主人公への好意を隠せていない子や、まだまだ本心がわからない子もいますが、温かい目で見守っていただけたら幸いです。

さてさて、一巻に続き、二巻も気になるところで終わりましたが、『らんがる』三巻も企画準備中です。

現状の構想では、二巻では雪菜をあまり登場させられなかったので、次巻ではたくさん出したいですね。

というか出します。なんなら表紙も雪菜にします。たぶん次回は雪菜回！

恵太のランジェリーデザイナーとしてのお仕事に加え、ラブコメのほうも進展するかも……？

引き続き応援よろしくお願いします！

花間燈

MF文庫J

ランジェリーガールをお気に召すまま 2

2022年 6月 25日　初版発行

著者　花間燈
発行者　青柳昌行
発行　株式会社 KADOKAWA
〒102-8177 東京都千代田区富士見 2-13-3
0570-002-301（ナビダイヤル）

印刷　株式会社広済堂ネクスト
製本　株式会社広済堂ネクスト

Printed in Japan　ISBN 978-4-04-681474-6 C0193

◇◇◇

【 ファンレター、作品のご感想をお待ちしています 】
〒102-0071 東京都千代田区富士見2-13-12
株式会社KADOKAWA　MF文庫J編集部気付「花間燈先生」係「sune先生」係